新聞專業、記者安全與文化實作

在重大災難中做新聞

張春炎 著

目次 Contents

第一章　導論　　7
　　一、災難新聞的學理脈絡　　10
　　二、研究問題：如何研究災難新聞產製？　　23
　　三、研究方法與經驗資料　　26
　　四、本書章節安排　　30

第二章　臺灣新聞專業的社會文化分析　　33
　　一、導言　　33
　　二、獨占到寡占期：黨國體制下的新聞專業文化
　　　　（1962～1992年）　　35
　　三、自由競爭期：市場化的新聞專業文化
　　　　（1993～1999年）　　46
　　四、惡性競爭期：競逐微利的新聞產製文化
　　　　（2000～）　　53
　　五、結論：結構與行動──共同形塑新聞專業文化　　63

第三章　打破常規：重大災難新聞產製的不確定性　　68
　　一、導言　　68

	二、採訪的不確定	70
	三、現場連線、採訪衝突與工作壓力	76
	四、重大災難新聞產製分工的不確定性	81
	五、小結	87
第四章	重大災難新聞工作的因應、反思與專業詮釋	89
	一、導言	89
	二、記者的詮釋與反思：採訪倫理與公共倡議	91
	三、編輯的詮釋與反思：當個新聞協作者	103
	四、新聞主管的詮釋與反思：後勤、支援與指導	108
	五、主播的詮釋與反思：最後的守門員	116
	六、小結	123
第五章	三一一大地震新聞工作的經驗反思與記者安全構思	126
	一、導言	126
	二、記者安全的能與不能	129
	三、災難新聞採訪與倫理反思	131
	四、建立記者安全的災難新聞產製行動指引	135

　　　　　五、小結　　　　　　　　　　　　　　　　148

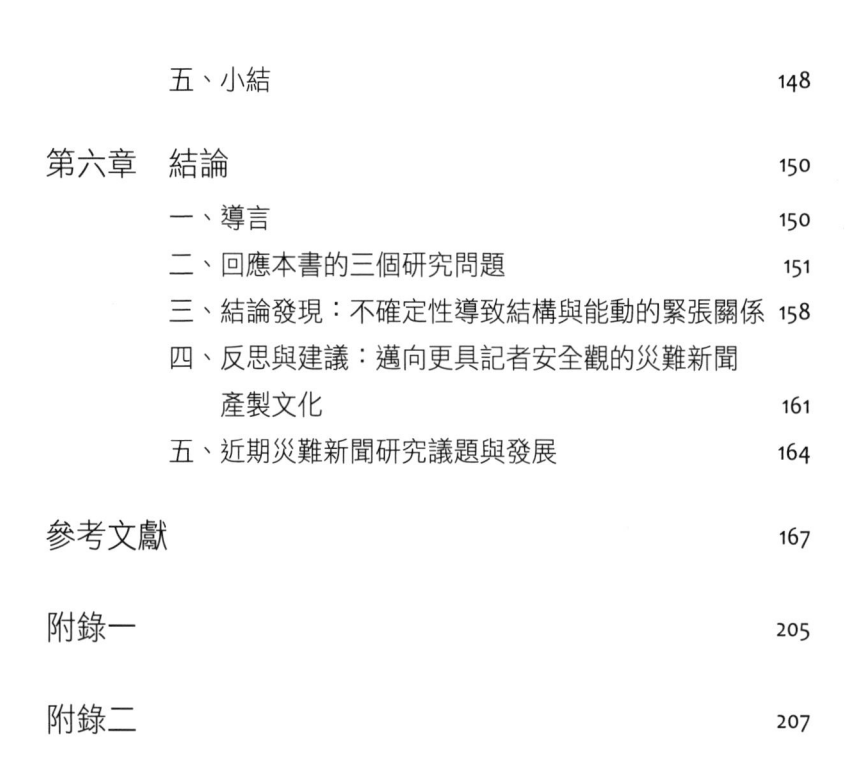

第六章　結論　　　　　　　　　　　　　　　　　150
　　　　　一、導言　　　　　　　　　　　　　　150
　　　　　二、回應本書的三個研究問題　　　　　151
　　　　　三、結論發現：不確定性導致結構與能動的緊張關係　158
　　　　　四、反思與建議：邁向更具記者安全觀的災難新聞
　　　　　　　產製文化　　　　　　　　　　　　161
　　　　　五、近期災難新聞研究議題與發展　　　164

參考文獻　　　　　　　　　　　　　　　　　　167

附錄一　　　　　　　　　　　　　　　　　　　205

附錄二　　　　　　　　　　　　　　　　　　　207

第一章
導論

　　2011年發生日本三一一大地震,隨後引發震驚國際的複合式災難。這個重大災難事件受到國內各家新聞台密集報導,不只是引用外電,各家電視台、新聞媒體也紛紛努力派遣記者赴日採訪。然而,國家通訊傳播委員會(National Communications Commission, NCC)卻接獲許多民眾的檢舉。NCC傳播內容處處長何吉森接受媒體採訪時指出(黃慧敏,2011/03/21;林嘉琪、陳怡靜,2011/03/22):

> 80多封檢舉函和20多通電話,其中,39件表示報導內容太聳動,引起恐慌,甚至有電視台提到「世界末日」;26件認為播報時間過長,排擠了一般民眾關心的新聞。
> 另有8件指有新聞台誤將「氫爆」報導為「核爆」;還有觀眾反映記者採訪禮儀不佳。此外,民眾對電視台未註明畫面拍攝時間或說明是資料畫面,也表達不滿。

　　針對三一一災難新聞所引發的社會紛亂,公視特別舉辦一場電視座談。時任卓越新聞獎基金會董事長的學者胡元輝,在參與公視所舉辦的電視座談時,針對三一一災難報導問題提出了一個具代表性的質問:九二一大地震後每逢大小災難就出現民眾對於

新聞資訊的高度需求，但為什麼經過這麼多次災難、這麼多年來媒體災難報導問題仍不見改善（公視有話好說，2011/03/19）？

回顧近年臺灣歷經多起災難事件，災難新聞表現歷次都遭批評報導專業不足，使新聞媒體自身反倒成為新聞主角，甚至被列為臺灣媒體亂象之一。九二一大地震的報導出現種種偏離專業的現象，可說是近年來臺灣關注重大災難傳播的關鍵起點。當時新聞實務界、記者協會、媒體觀察基金會和臺、政大等新聞傳播教育系所，後續透過舉辦座談會議，討論新聞媒體在九二一災難報導的功與過。[1] 諸如在九二一大地震後不久，1999年10月8日臺灣大學新聞研究所便舉辦「建立採訪災難受創者之報導守則」座談；同日，臺灣新聞記者協會舉辦座談會，對於政府和新聞記者在九二一期間的表現各打五十大板，強調雙方都還有很大的精進空間；10月18日新聞局召開「如何處理重大災難新聞」座談會，邀請資深記者出席對談，當時的新聞局長程建人批評媒體在九二一災難期間未能提供最好、最真實、最客觀的訊息。另一方面，則是強調媒體的資訊要快，但不應影響救災工作；10月30日東森媒體事業群主辦的東森傳播講座「震災與行刑槍聲對媒體的震撼」，現場有媒體的資深媒體主管強調，新聞媒體報導災情和監督政府是維護人民知的權利，然而傳播學者及社會學者則質疑媒體搶快、災區現場轉播實際上是八卦和爭利；10月30日，政大新聞系與《聯合報》、公視合辦「災難發生時媒體如何發揮最大效用——以集集大地震為例」座談會，肯定新聞媒體的災難報導重要性，但認為應該藉此深入了解過去缺少討論的災難新聞學。在

---

[1] 進一步可參考卓越新聞獎基金會－新聞倫理資料庫，資料來源引自http://www.feja.org.tw/modules/wordpress/?p=62

這樣的討論脈絡中，新聞工作者的專業不足常被視為是造成災難報導問題的關鍵因素。

2009年8月8日莫拉克颱風襲臺，造成大規模、嚴重的災情。期間各家新聞媒體同樣全體總動員，記者紛紛設法趕往災區進行第一線災難報導，仍引發社會各界不滿、要求對不良的災難新聞報導進行檢討。國內重要的新聞監督和觀察機構——臺灣媒體觀察教育基金會為此發表譴責聲明，此段聲明再度彰顯了：國內災難新聞不斷重複錯誤的問題和現象（媒體觀察基金會，2009/08/10）。

初步歸納，臺灣新聞業在這幾起重大災難事件，都遭社會各界批評，顯見新聞的「現實表現」與「專業理想」之間出現不小的落差。而這樣的現象也是促使國內發展災難傳播與新聞研究的重要源起。

國內重大自然災難新聞傳播相關研究自九二一開始發展，回顧過去相關研究可以發現，災難新聞出現問題大抵反映在兩個面向上：第一個面向是災難新聞報導內容不時出現不符合專業規範的新聞表現，包括密集報導災難的血腥、驚悚畫面、出現違反客觀專業原則、罔顧新聞倫理的災難報導內容；第二面向是體現在災難新聞產製實作上，記者為了在災難現場進行採訪、獲取最即時新聞，發生干擾現場的救災、賑災的問題，及採訪行為造成災民二次傷害等等（孫曼蘋，2000；彭芸，2000；蘇蘅，2000；臧國仁、鍾蔚文，2000；孫式文，2002；許瓊文，2009；林照真，2009、2013；鄭宇君、陳百齡，2012）。

本書認為這些研究成果的累積，有利於研究者進一步探索一個關鍵的現實問題：為什麼臺灣災難新聞面對社會持續性的批

評,卻未能作出修正、回歸新聞專業?相對於過去採取結果論,本書認為應該從新聞產製端進行探索。

一、災難新聞的學理脈絡

本書特別將研究聚焦於「重大的災難」(major disaster)的新聞產製。根據美國聯邦救災管理單位(Federal Emergency Management Agency, FEMA)定義,重大災難是指災情嚴重程度超過單一地方政府能夠負擔,而必須中央政府投入、傾全國之力協助救援之緊急災情(FEMA, 2011)。不同於一般事故或小災難,重大災難是由自然或人為災害(hazards)所引起的重大社會災難事件,[2]同時是在未預期的狀況下、突然地爆發。因此重大災難有突發性、不熟悉、難預料、地區性、重傷害等特質(Burton, Kates, White, 1993／黃朝恩等譯,2011;林萬億,2010;林宗弘,2012)。重大災難不僅會帶來大規模的生命、財產損失和社會基礎的破壞,也會打亂、甚至打斷社會秩序和規範,帶來的影響劇烈、廣大且快速。在概念定義上,構成重大災難至少包括:(1)災害強度超乎預期;(2)造成人員、財產和基礎建設傷害嚴重程度超乎預期;(3)影響的地理範圍超乎

---

[2] 過去研究,慣於將災難依據災害(hazards)性質、肇因區分為兩類,第一類是由人為災害(human hazard)所引起的人禍(諸如戰爭、恐怖攻擊、核電意外等),第二類是由自然災害(natural hazard)所引起的自然災難(諸如洪水、風災、地震等)。然而至早在1960年代,美國災難研究就打破這樣的二分,認為即便是自然災害因素引起的災難,也必然具有深刻的人為社會因素的因素(可參見Burton等,1993／黃朝恩等譯,2011)。

預期;(4)必須需仰賴長時間和大規模的社會動員與緊急救災（黃俊能,2012;McCarthy, 2011）。

本書認為,研究重大災難對於臺灣社會特別具有必要性,由於臺灣位處於歐亞大陸板塊與菲律賓板塊交界處,同時又位於季風氣候帶和颱風行徑路線,加上島內地質敏感脆弱、人口集中等特性,使得臺灣易受天然災害侵擾。根據世界銀行2005年出版的報告指出,臺灣73%的人口居住在三種以上天然災害可能衝擊的區域（Word Bank, 2005;轉引自吳杰穎、江宜錦,2008）。我國內政部消防署天然災害統計,自1961年至2012年天然災害共發生362次,也因此造成不少災難的結果,除了高額災損其中死亡人數高達9,631人、失蹤1,504人、受傷40,476人。[3]足見災難對於臺灣社會是一個不可迴避的議題。

臺灣災難頻繁發生的科學事實和數字統計背後,更蘊含著災難風險擴大的潛在變因。過去災難傳播與社會研究都將災難新聞的傳播視為是影響災難結果的重要中介變項（臧國仁、鍾蔚文,2000）,而臺灣有全球數一數二密集的新聞台以及許許多多平面新聞媒體,則臺灣新聞媒體的產製災難新聞方式,不僅會造就臺灣獨有的災難傳播現象,更會形塑災難後續的發展。因此本書認為,將研究聚焦於探討重大的自然災難新聞,具有研究上的優先性。

災難新聞研究

過去研究常常會從災難管理的角度,探討新聞媒體的理想傳播功能,也就是依照災難前中後,區分為減災（mitigation）、

---

[3] 資料來源下載自中華民國統計資訊網,聯結網址http://www.stat.gov.tw/ct.asp?xItem=15396&CtNode=3602&mp=4。

整備（preparedness）、應變（response）與復原（recovery）等四階段，來看待新聞傳播媒體分別應該發揮的功能和責任，包括減災階段的災難知識教育傳播、災前進行告知公眾可能威脅的風險傳播，應變期強調各地災情和救援的災難資訊傳播，以及復原期進行深度報導、營造重建的敘事力量等。在研究方法上，則多透過不同階段的災難新聞內容進行分析，以探討新聞如何反映災難管理意涵（柯舜智，2009；林照真，2009；鄭宇君、陳百齡，2012）。

　　反思過去採取災難新聞內容分析，研究多關注新聞內容是否符合新聞專業規範或災難管理意涵，確實有利於社會更加了解臺灣災難新聞的問題是「什麼」。然而誠如Shoemaker和Reese（1996）指出，傳播研究不能夠將媒體內容視為是一個給定的（given）事實，便就此開展分析媒體內容及其可能帶來的社會影響。在此之前，研究者應該深究更關鍵的研究問題是，究竟是哪些因素影響了媒體組織產製出這般新聞內容（Shoemaker & Reese, 1996, p. 1）。換言之，透過研究哪些因素影響新聞內容的產製，這樣的觀點，正有利於研究能夠進一步分析理解，重大災難報導「為何」會有如此表現。

　　如果我們再一次回顧過去有關災難新聞問題的檢討，確實可以發現一個醒目的矛盾現象，也就是每當災難新聞工作者面對外界的批判，會以外界不了解新聞工作的實作來回應，暗指外界的批判多是基於太過理想化的新聞專業。九二一大地震後，時任TVBS採訪中心副主任的方仰忠，出席中華傳播學會關於災難新聞報導（檢討）座談時，他的反駁言論即彰顯上述情況。方仰忠當時提醒「新聞記者不是洪水猛獸」，呼籲外界應該深入理解新

聞業的特性，才能認識災難新聞報導的問題（徐秋華，1999）。這段歷史，正是呼應了過去研究或者社會常以新聞內容來檢討災難新聞問題，而不從新聞內容生產端來理解，也就難以理解災難新聞為何會出現種種遭受社會不滿的樣態。

反映在災難研究之中，事實上早有學者主張應該從新聞生產端來探究災難新聞問題。早期如Sood、Stockdale和Rogers（1987）在他們的研究指出，自然災難（天災）吸引媒體的大量採訪，新聞媒體也就成為閱聽眾最緊急和依賴的災難訊息來源。這也促使新聞媒體必須不斷快速回應社會的災難訊息需求，這個過程考驗著倚賴常規、按部就班的專業運作的新聞業。因此研究自然災難爆發這一段時間的新聞產製過程和新聞專業實作，一方面是檢驗媒體所聲稱的專業主義能否實現，另一方面也有助於瞭解災難時刻的資訊和不確定性，以及釐清重大災難新聞對社會帶來的可能影響（Soodm, Stockdale & Rogers, 1987, pp. 28-29; Cottle, 2009a）。美國災難研究中心長期以來，系統性的分析災難傳播，深具代表性的學者Quarantelli（2002）的研究則指出，遭遇重大災難時，研究和瞭解新聞媒體如何運作，是了解災難新聞傳播及災難管理意涵的重要研究主題。依循這樣的研究脈絡，本文認為透過新聞產製面的研究，能幫助社會更了解為何重大自然災難新聞會被以特定方式所建構而成。

晚近英國災難傳播學者Cottle（2013）提出，應該從新聞業的特性而不是災難管理方向進行研究。Cottle認為，探究災難新聞產製制度和記者勞動實作，是了解重大災難報導的關鍵。因此本書認為，重大災難新聞的問題，應該換一種研究的視角，以探討災難新聞是在什麼樣的勞動情境下被做出來？藉此釐清災難情境對於新聞

工作的影響,以及不確定性對新聞產製品質的影響是什麼。

災難新聞報導、常規與記者安全

　　災難新聞產製如何維持新聞品質,涉及到新聞如何實現專業主義。過去的研究常以新聞常規研究出發,將常規運作視為是實現新聞生產品質的基礎。就概念而言,常規一方面是專業倫理規範的制度化,也是定義新聞好壞、產製符合媒體追求新聞品質的規則。常規理論核心的論點是認為:新聞生產應依循常規、按部就班地分工,如此就能夠保證新聞產製的效率和品質。就實務而言,新聞產製常規普遍顯現在新聞產製過程的層層守門、新聞採訪採取專門路線,以及採訪以記者各分配專區來進行採訪,新聞的消息來源則多著重正式組織,諸如官方組織等,藉此保證新聞產製的效率和品質(Birkhead, 1986; Shoemaker & Reese, 1996; Becker & Vlad, 2009)。

　　遵循常規能夠維繫新聞產製品質的論點,不僅用於解釋日常、例行的新聞產製,也有研究者認為災難新聞產製同樣適用。如Tuchman(1973)早期的研究認為,常規化的新聞產製過程,同樣能夠讓新聞組織完成災難新聞的產製,藉此避免流程中出現錯誤的報導行為,以此維持災難新聞的品質(Ewart, 2002; Tuchman, 1973)。

　　然而有研究者挑戰這樣的論點,Cottle(2003)便批評常規理論研究,具有組織功能主義的傾向,以至於難以看到常規不足之處。反映在災難傳播的研究,則有研究者指出,災難所造成的不確定性會打破常規所代表的穩定性,這種不確定性進而導致新聞媒體產製出不符合專業品質的新聞(Quarantelli, 2002;鄭宇

君、陳百齡，2012）。

就國內的相關研究來看，蘇蘅（2000）曾經針對九二一大地震的新聞產製，檢視臺灣電視新聞產製所面臨的挑戰。這份研究是國內少數由新聞工作者的產製經驗來檢視常規問題的新聞研究。研究發現，新聞產製流程中的各個環節的運作都出現新聞工作不熟悉也遭遇到困難（蘇蘅，2000）。鄭宇君、陳百齡（2012）研究指出，災難傳播最大的社會職責與目的，在於降低社會面對災難時的不確定性。然而大眾媒體進行災難傳播時，受囿於種種因素而無法有效發揮災難傳播的職能，包括大眾傳播媒體依賴官方或專家作為消息來源，新聞產製過程的溝通傳遞亦採取垂直式的訊息溝通，和科層的管理產製模式。這也說明了，既有的新聞常規讓新聞媒體得以完成例行的新聞產製，且具有穩定、制度化的特性。然而當重大災難爆發時，原本穩定的產製過程會因為種種因素而失靈，造成新聞產出品質不佳。值得注意的是，這篇研究也認為，災難新聞的問題出現，反映出新聞媒體為了追求收視率，使得災難傳播內容出現同質化、煽情和報導議題窄化等問題（鄭宇君、陳百齡，2012）。這樣的研究發現，呼應了過去國內外研究所提，災難新聞產製邏輯，為服膺商業媒體追求收視率所形成的特性（林照真，2009；Soodm, Stockdale & Rogers, 1987；Cottle, 2009a）。

常規不僅對於新聞組織具備生產邏輯的意涵，對於新聞工作者而言，也具有勞動指引的意義。從新聞產製常規的研究觀點，新聞工作者是順應著規則（rule）行事。此規則包含著一連串固定的工作程序、職業傳統、角色設定、行事策略、組織形式以及技術，從中新聞工作者也獲得了職業需要有的信念、典範、職業

信條（code）。對新聞工作者來說，這些規則像是一種行動的策略指引，決定什麼是他們能夠做的事，並且成為職業成員集體的共識，每個人均能理所當然地認清，在什麼樣的情境、什麼樣的行為能夠做，以及如果違反規則會受到什麼樣形式的處罰。當面臨各種新聞工作處境，常規會使新聞工作者有意識或習慣性地自問：「這是什麼狀況？我的義務是什麼？」換言之，新聞常規作為一種一般性的假設或者預期，制度性的定義了在產製過程中的各環節新聞工作者應有的角色、應盡的義務，也包括集體認同的工作價值和承諾的適切性。成為一位記者也就意味著他們能夠回應規則的期待，做應該做的事情，包括聚焦在事件、接觸消息來源、建立事實、從各種線索中發現新聞、完成新聞報導（Ryfe, 2006）。因此，新聞常規不只是一種工作流程或組織安排，常規同時蘊含著專業倫理與職業知識，提供讓記者作好新聞工作的行動資源（Aldridge and Evetts, 2003, p. 556）。在現代新聞專業範疇之下，能夠讓每位記者迅速了解怎麼做好工作（劉蕙苓，2011，頁61）。值得檢討的是，這種現代新聞專業系統，同時是一種由上而下、充滿工具理性的勞動知識。這樣的專業化制度的建立，目的是建立滿足新聞組織謀利和正當性的專業控制（劉昌德，2007a、2007b）。

　　若依循常規論來看待災難新聞的產製工作，一方面是忽略了前述所說的，不確定性增加所帶來的常規運作鬆動。對於新聞工作而者，常規理論的知識視角，容易忽略了記者和災難新聞工作本身深具情境、特殊性的風險特質。從一些經驗研究便可以發現，當記者處在具壓力和危險的採訪現場，往往會面臨記者安全問題與新聞專業追求的矛盾與混亂，以至於影響災難新聞產製品質。

有研究發現，因為災難具有較高的新聞價值，因此可能成為新聞媒體渴望的新聞報導故事，收視率也使得商業電視台要求記者採取追求商業利益的新聞報導方式，要求記者誇大、搶快，甚至冒險勇赴前線進行報導工作。新聞工作者被要求要負擔更多責任、勇於挑戰艱難、甚至勇於冒險（Aldridge & Evetts, 2003, p 561）。但在緊急事件、意外及災難來臨時，新聞媒體經常是在沒有萬全準備的前提下，仍要求記者冒險採訪，在競爭的壓力、新聞搶快、搶獨家的情況下，新聞工作者必須面對各種形式壓力。因此，災難新聞工作便成為，被迫接受既定常規下的新聞分工被打亂、新聞路線不分、忽略採訪經驗評估等等情況，而被新聞室指派到災難現場採訪報導。因此會出現記者必須暴露於危險場所，卻又沒有能力克服危險的情況。這也使得災難新聞工作的完成，更具備以人身安全賭一把、憑運氣的意涵。換言之，勞動權益不足、趕往新聞點以及過勞工作，同時必須自己克服身心安全風險（賴若函，2009；Quarantelli, 2002；Richards, 2007；Witschge & Nygren, 2009）。因為缺乏恰當的應變能力及必要資源，記者不僅會因此陷入無法妥善完成災區採訪報導工作，也可能會造成自身的身心受害，這包括使自己受傷，以及承受過高的工作壓力和恐慌情緒（Duhe', 2008, p. 115）。在這樣的採訪工作後，亦可能出現創傷症候群，影響記者在災後的新聞專業實作（王靜嬋、許瓊文，2012）；Bennett和Daniel（2002）研究認為，當代新聞專業的核心──正確以及客觀的新聞專業，仰賴記者有足夠時間獲得消息來源所提供的諮詢和訊息。一旦在災難、社會動盪的情境中，記者可能要花多時間尋找重要的消息來源，或者當面臨常規所要求的截稿壓力，記者可能不去做充足的

查證工作或者只進行最簡單的資訊蒐集（Berrington & Jemphrey, 2003, p. 229），或者蒐集舊的故事框架來報導近期的災難事件，如Su（2012）的研究發現，重大災難報導會受到過去相關災難敘事的影響。換言之，新聞工作者在新聞產製過程，集體所進行的不是客觀呈現當下的災難事件，而是借用過去相關災難事件的報導敘事來套用再現當下的災難事件。記者因此可能逾越既有的專業倫理界線，例如密集報導災難的血腥、驚悚畫面、出現違反客觀專業原則、罔顧新聞倫理的災難報導內容（林照真，2009；Ewart, 2002；Knight, 2006）。

為了尋求具有價值的災難新聞題材，過去研究發現，記者往往會追求符合戲劇化的情節，以這種戲劇化的框架想像追逐新聞題材並且將之視為新聞內容建構的重點。因此新聞記者在災區常常認為自己必須追求見證人們落難、獲得救援、垂死掙扎、倖存者的哀痛或者找到希望等等反映悲或喜劇的災難故事內容。然而煽動性或戲劇性的題材報導，一來違反了客觀主義，二來追逐採訪受害者與家屬，也常使得記者成為採訪暴力的施行者，違反既有的新聞倫理（許瓊文，2009；Cottle, 2009, 2013；Su, 2012）；有研究者發現，商業媒體在災難事件爆發時，會出現生產出一波又一波的新聞炒作（Media hypes）現象。所謂新聞炒作是由災難事件所引爆，然後在媒體新聞生產的過程中，不斷進行自我強化以至於擴大新聞報導量的現象。災難新聞研究者注意到，在媒體炒作的過程中，新聞媒體會創造錯誤的事件印象，扭曲事實以至於影響個體行為或組織反應和政府的政策作為。反映在新聞實作上，意味著新聞工作者在新聞報導過程更加投入於捕風捉影寫故事的勞動，因而新聞產製過程多缺乏事實求證，而是以誇大災

難事件來進行新聞炒作（Vasterman, 2005; Vasterman, Yzermans & Dirkzwager, 2005; Hsu, 2013）。

從上述種種有關災難新聞生產勞動的研究可以發現，不確定性以及災難情境帶來新聞工作脫離常規和專業倫理的實作路線，有其情境特質。因此本書認為，分析重大災難新聞產製的新聞工作，需要回到新聞工作者的主體經驗來重新發掘實際的意義。當我們看到常規立論之不足，那麼下一步則需要來分析，記者如何在既存結構（structure）的限制下，同時展現其具體的新聞產製實作能力（agency）。

反思新聞專業研究：文化實作作為研究途徑

新聞專業是過去討論新聞生產標準和建立新聞價值追求的重要議題。早在1970年代Tuchman研究即指出，新聞專業是新聞職業社群藉以避免外界批評、攻擊的利器，客觀性的專業義理因而是被新聞工作者策略性地、行禮如儀地實作。新聞專業的儀式性實作，也使得新聞能夠平衡媒體與社會的關係，同時滿足新聞工作者的專業地位和社會對於新聞專業的需求（Tuchman, 1972）。

從新聞專業研究出發，主流研究取向首先是屬性取向，1920年到1930年代專業研究初期發展，研究主要透過個案研究來發現和定義專業的屬性和特質，研究目的在於藉此釐清哪些職業是真的專業。一直到1960年代，屬性取向的研究始終是研究專業的主要途徑。此取向下的專業研究，經常透過分析一個職業是否具有專業特質來判定其專業程度，眾多研究成果亦表現在一系列專業特質的發現。1960年代有關新聞業與專業主義的研究也持續增

加,許多研究聚焦在辨認被稱為專業的職業所具有的關鍵屬性是什麼(Martimianakis, Maniate, & Hodges, 2009; Beam, Weaver & Brownlee, 2009)。一般認為現代新聞具有相近的特質,包括:(1)將資訊予以公共化;(2)通常是每日的新聞資訊;(3)對於當代公共事務的資訊傳遞或評論;(4)新聞通常呈現為真實;(5)傳遞給公眾;(6)資訊公開;(7)新聞被視為是對公共重要的訊息(Schudson, 2000, p. 56)。

整體而言,屬性取向研究將專業定義為是一種特殊的職業特質,擁有特殊的專門知識和高進入門檻,也具備高度利他的(altruistic)特質、為社會服務的高尚精神,正是這些特質使得專業不同於一般職業,專業者也相應地獲得高於其他職業的地位與聲望(Schudson, & Anderson, 2009; Tumber & Prenoulis, 2005)。

第二種是權力取向的專業研究,是將專業視為是一種權力,對內不僅形塑職業社群內在認同,同時被用來進行規範職業社群工作的控制工具;對外,專業也同時被視為是特定職業團體爭取社會優勢地位的過程。權力取向的專業研究有利於研究者超越屬性取向的專業研究,探究新聞工作者如何以及為什麼能夠達成專業地位(Lewis, 2012)。過去有不少研究者採取權力取向進行新聞專業的研究,有研究者認為雖然新聞業被認為不具有「職業封閉」或「市場封閉」的排他特性,因此從權力取向的觀點分析,新聞業僅是一個尚未成功專業化的職業。然而不可否認的,新聞業在各個社會中已有劃定管轄範圍的地位,諸如世界各地的新聞業紛紛受到法律保障,同時記者也被認為具備蒐集、產製以及傳布事實資訊(factual information)的權力(Martimianakis, Maniate & Hodges, 2009)。

Schudson和Anderson（2009）研究指出，根據過去相關研究可以發現，客觀性的新聞產製不僅是強化職業社群的連結也是創造職業特殊性的一種規範，讓新聞業得以宣稱掌握一種獨特的專業職業知識。換言之，客觀主義新聞學不僅成為記者的職業規範，同時在社會層次上是新聞業與其他職業團體的鬥爭，藉此贏得了專業的管轄權。

　　上述兩大取向的研究，都對於「何謂」新聞專業或是新聞「為何」專業這兩個大主題累積許多知識貢獻（林富美，2006a，頁54）。這一系列研究說明了，新聞專業是新聞獲取社會信賴的核心憑藉，更是新聞業長久以來戮力爭取工作自主，讓新聞職業社群贏得高地位、聲望和經濟酬賞的關鍵途徑（Schudson, 1978／陳昌鳳、長江譯，2009；Schudson, 2000；Schudson & Anderson, 2009；Ward, 2008；Davis, 2010）。值得關注的是，這兩個專業研究取向或者常規研究，聚焦在一般新聞如何經由一連串的新聞工作者組織生產。此外，兩種取向的研究立論焦點，也多反映新聞組織的需求或者專業規範的結構，這也意味著新聞專業和常規是形成結構規範的機制，主導了新聞產製工作的進行，因而也容易忽略新聞工作者在新聞產製情境中的勞動實作和能動性。更重要的是，這樣的論點也無法有效解釋專業新聞工作者如何面對重大自然災難這樣一個極具不確定性、非日常的事件。

　　自1990年代以來，新聞專業研究開始朝文化取向的研究轉進，Schudson（1991）提出，以文化取向分析記者的職業實作（occupational practices of journalists），這也意味著文化取向的分析研究必須更貼近新聞工作情境、理解新聞工作者的產製與勞動過程，讓研究者盡可能體悟新聞工作者的職業觀，去理解新聞

專業究竟是在什麼樣的脈絡、如何被實作和體認（Zelizer, 2004; Niblock, 2007; Usher, 2009）。因此，新聞不僅反映在例行、公事化的新聞產製常規之上，更是在新聞工作者做新聞的勞動經驗中，以此被構築的產物。在此論述脈絡下，新聞工作被重新概念化為一種文化實作，是在應對結構和新聞產製常規下所進行的論述和具體的實作（林富美，2006；郭文平，2013；Swidler, 1986, 2001；Fürsich, 2002），並藉此重構或再確認專業認同、自我職業定位、組織出一個職業觀（Hanitzsch, 2007; Zelizer, 2008; Hanitzsch & Donsbach, 2012; Duffy, 2013）。

採取文化實作取向的新聞學研究認為，應該從實作面具體分析新聞工作者在新聞產製過程的勞動實作，分析行動者的意義追求是研究發展的新焦點（Niblock, 2007; Usher, 2009）。Dickson（2007）便指出，應該將媒體工作視為是集體（職業）行為的結果，分析了解新聞工作者在成就職業的勞動過程所涉及的實作經驗，職業成員具備什麼樣的共同理解，對於什麼是完成工作所需的技能、什麼是工作中可接受的實作，進行經驗研究分析。這種回歸行動者（return of actors）的研究取向，正是強調從新聞工作者行角度出發，以重新挖掘潛藏在社會行動中的社會事實（Ericson, 1997）。

綜合而論，本書認為新聞的產製不僅是一個體現專業規範的儀式化過程，要了解新聞產製形成的機制、意涵和為何遵循或改變，便應該檢視臺灣的重大災難新聞產製是如何受到社會結構力量影響，使新聞工作者採取特定的文化實作，形成災難新聞慣有的運作方式與意義。因此，本書不僅要回到新聞工作者具體的勞動論述和實作角度，深入探索重大自然災難新聞如何被「做出

來」(making),同時試圖透過分析社會結構如何作用於新聞產製的文化實作,以解釋「為什麼」災難新聞會有如此表現。

由此,本書進一步認為,應將新聞產製重新概念化為:在特定社會結構下的新聞產製文化實作。這也意味著,新聞產製是在工作實作和論述中生產及再生產的一種文化實作,這樣的文化實作不僅反映社會結構主導的專業價值、傳統和常規制度,同時是新聞工作者在面臨災難的不確定情境時的所思、所行的具體展現(Zelizer, 2004; Hanitzsch, 2007; Duffy, 2013)。

二、研究問題:如何研究災難新聞產製?

本書認為針對重大災難新聞產製的文化實作分析,能夠有利於研究者更加了解為什麼重大災難新聞的問題會層出不窮地出現,同時能夠回應結構與行動辯證的觀點。[4]就此,本書也提出

---

[4] 在西方社會科學的研究中,經常環顧一項核心的理論議題是,究竟是結構決定行動,抑或行動促成或修正結構,有關結構主導行動或者行動創造結構的辯論,更是多年來社會科學發展的核心討論。早期研究普遍站在結構立場論,認為既定的各種社會結構引含著內在規訓和具體的操控機制,不僅限制、決定人們的行動,也影響個人獲得機會的條件,因此假定結構決定了行動者的存在方式,反映在方法論上,研究多採取由上而下的分析取向,來進行鉅觀的結構面向分析,並認為瞭解結構就能理解結構所造成的可預期結果;反觀行動論立場卻認為,行動者具有施為能力,且強調行動者經常會因應情境而做出選擇和付諸行動,因此同樣的結構下不必然產生同樣的行動結果,則研究必須回到行動者面向、關注中觀乃至微觀的互動研究分析。晚近學者如Gidden、Bourdieu、Archer等學者認為,結構與行動應該存在著一種辯證的關係,認為結構是在行動者行動中所形成,這也意味著結構的維持來自於行動者依照結構規則而不斷重複行動,相對的,當行動者修正或反抗結構規則,即是發揮施為能力時,這層面向的意義代表和解釋了何以結構會歷時之中維持或改

以下三個具體的研究問題：

第一個研究問題是，**臺灣重大災難的新聞工作是鑲嵌在什麼樣的社會文化脈絡之中？**重大災難的發生，會造成新聞產製必須在意外情境下運作。然而這樣的非例行性地新聞產製過程，不可能與例行化的新聞產製常規完全脫節（Van Grop, 2007）。換言之，研究者不應該忽視各地社會新聞業的運作實況及所具備的社會結構意涵，如此才能夠得到更貼近各地新聞業運作現況的研究發現（Cottle, 2003／陳筠臻譯，2008；Zelizer, 2008）。因此探索重大災難新聞產製工作是鑲嵌在什麼樣的社會文化脈絡之中，將有助本書探索臺灣重大災難新聞產製為何會有特定的運作方式及文化實作的意義。

第二個研究問題是，**重大災難的新聞產製過程，新聞工作者怎麼理解、詮釋和實踐自身的災難新聞工作？又為何會採取特定的文化實作來因應？**過去研究分析往往關注結構面，認為日常新聞工作高度依賴制度、常規，新聞工作者是以按部就班的方式完成他／她們的新聞工作。或有從鉅觀層次進行新聞分析，並傾向於解釋政治、經濟對於新聞業所帶來的影響，卻忽略如行動對應結構所形成的文化實作內涵（Hanusch, 2013）。Zelizer（1993a）提出，新聞工作者是一個詮釋社群的概念，認為新聞工作者會從過去的故事中發現共同的認同以及了解現象的方式。

變（可參見葉啟政，2002）；在傳播研究領域中，國內自1990年代末開始有研究觸及此議題，並認為結構與行動之間是一種辯證關係，研究者透過論述或傳播行動者的研究，進行不同主題的研究探討，這些研究也體現出，採行由下而上、行動者的觀點的經驗研究，是需持續投入的方向（可參見翁秀琪，1998；趙雅麗，2006；黃順星，2010；王孝勇，2013）。

依此論點，研究焦點則應放置於實作脈絡，新聞產製過程中的新聞工作不僅是依循組織、制度規範，同時也是新聞工作者在特定社會脈絡下為追求專業所作種種努力（Zelizer, 2008）。此外，新聞產製的文化實作理應是社會結構與文化行動的辯證結果。當重大自然災難爆發時，研究新聞工作者處在充滿不確定性的情境，其所經驗的災難新聞勞動實作、專業論述和行動反思，則是重大災難新聞的產製文化內涵的關鍵面向。

第三個研究問題是，面對充滿不確定性的災難事件，新聞工作者應該如何累積更多災難新聞專業知識？在重大災難的新聞產製過程，不確定性和種種涉及到記者安全、新聞倫理和新聞專業之間的衝突矛盾，是過去的研究經常會提及的問題。諸如過去九二一大地震或八八風災等重大災難，不少媒體不僅發生報導不正確、報導內容誇大聳動的問題，甚至有記者在災難現場影響救災等情事，此外採訪偏差的災難新聞內容，容易混淆受災者對災難的認識，亦不利於災難記憶、知識的累積（蘇蘅，2000；孫曼蘋，2000；陳憶寧，2003；林照真，2009）。晚近研究者則進一步探討不當的災難新聞內容，造成災民的二度傷害等倫理問題（許瓊文，2009）。當重大災難爆發時，許多記者奉命第一時間投入現場，在產製新聞的勞動過程中，必須置身於危險境地中。究竟記者在新聞工作的勞動過程，如何面對與處理自身及同僚的身心安危（Sykes & Green, 2003; Tait, 2007; Edwards, 2010; Buchanan & Keats, 2011），同時能夠環顧新聞專業倫理、公共服務（林照真，2009；Cottle, 2013）。本書將建立在具體的重大災難新聞勞動的經驗分析和記者專業倫理反思的敘事，環扣近二十年來持續發展的記者安全的概念發展，提出朝向記者安全、災難

倫理的新聞產製行動邏輯框架。

本書以重大自然災難——2009年八八風災（又稱之為莫拉克風災）作為研究主要焦點個案，1999年的九二一大地震則作為輔助參照。其次，2011年日本爆發三一一大地震並且引發海嘯、核災等複合式災難，當時國內諸多新聞媒體紛紛派遣記者前往日本災區，進行災情採訪報導。

建立在研究架構和所設定的研究觀點之上，本書將分析災難新聞工作者對於重大災難新聞的產製經驗，基於分析所需，共包括三種面向的經驗資料：首先是作為新聞人對於種種新聞倫理、價值、信念追求的職業實作腳本論述，其次是實際臨場應變的災難經驗實作論述，以及在經歷之後的專業反思論述。綜合而論，本書將同時分析災難新聞產製過程，記者所面對的專業結構與文化實作。本書主張回到新聞工作者在重大災難中的新聞產製、文化實作角度，藉此了解重大自然災難新聞是如何在特定社會結構與情境脈絡中被產製而出。

三、研究方法與經驗資料

本書研究對象為，歷經八八風災與三一一複合式災情的重大災難事件的新聞產製工作者。本書所謂的新聞工作者，包括第一線文字與攝影記者、編輯、棚內主播，以及負責採訪主題和地點的分派、新聞指導、新聞內容守門的新聞主管。

為了探索災難新聞產製情境脈絡中的災難新聞產製文化與實作，依循本書之理論框架，首先在次級資料部分，本書從相關文獻和文件獲得次級資料，包括電視新聞的經驗研究、電視新聞工

作者傳記及電視新聞年鑑、災難新聞報導等，以作為分析臺灣的新聞專業形成的脈絡和文化結構。

初級資料蒐集部分，本書研究對象以電視媒體的災難新聞工作者為主，平面新聞工作者為輔。而本書所謂的災難新聞工作，是指災難新聞產製過程的關鍵勞動者，包括赴災難現場的文字與攝影記者，以及協助新聞產製、在新聞編輯室內負責編輯、負責調動新聞記者的新聞部主管等三類新聞工作者。

本書採取兩階段的資料蒐集與分析，以獲得深度訪談資料。受訪者設定為具備八八風災或九二一兩個國內晚近重大災難事件之新聞工作經驗者，以及具有到日本進行三一一複合式災難採訪經驗的新聞工作者，每次訪談時間預估一到兩小時。在第一階段採取開放式的資料獲取，隨著資料比較（一致或不一致），進行第二階段、更多資料的追尋和問題的追問，最終在更多的資料和更多的問題獲得合理解答的過程中（達到飽和）（請參見圖一）。

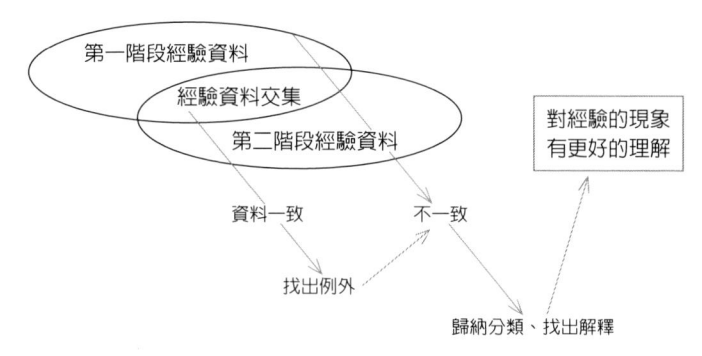

圖一：兩階段經驗資料蒐集與分析策略
資料來源：修改自Dick（2005）

本書採取滾雪球的方式進行，訪談人數則在訪談人數達到飽和後方進行停止。採用此方式主要是考量電視新聞工作者一般人不易接觸，因此藉由先找到少數的受訪者，再透過其人際關係取得其他可能的受訪者資訊，以尋求更多可能的訪談對象。訪談對象的選擇是為滿足以下幾個資料蒐集目的：

1. 研究資料能夠涵蓋災難新聞產製各環節之勞動經驗：本書所謂新聞產製環節之勞動經驗，蓋區分為災難現場的記者勞動經驗、新聞室之新聞編制勞動經驗與新聞主管之管理調度經驗等。
2. 增加樣本的多樣性：本書將獲得初步的經驗、詮釋分類，藉此對於經驗現場有一初步認識，然而這樣的資料可能未涵蓋可能的經驗範圍和詮釋多樣性，因此為求經驗資料多樣性而進行持續的立意抽樣，直到資料飽和為止。
3. 為了聚焦討論研究主題，本書的訪談大綱採取半結構問卷進行訪談，訪談主題依照研究目的和研究問題設定，並且轉換成為半開放性的訪談問題，意圖讓受訪者能夠回應其關於新聞工作的一般經驗、專業認同和新聞共享文化的觀察，同時也能夠盡量分享其在面對重大災難時的新聞工作經歷和專業知識的累積與反省。
4. 進一步，為強化質性資料的研究品質，本書採取資料的三角檢測（triangulation），具體做法區分兩層次，首先是在資料蒐集上針對同一新聞機構採訪數位新聞工作者，並且針對其論述內容和新聞產製經驗進行交叉比對，過去研究指出這樣的做法有助於降低資料內容的偏誤（劉蕙苓，

2009，頁88）。其次則是透過不同新聞體質的新聞工作者角度，進行研究資料比對和參照，因此本書特別訪談公共電視和莫拉克新聞網的新聞工作者，藉由他們對於災難新聞工作的經驗、看法以及對商業電視台的同業觀察批判，進行研究資料品質的再確認；最後則是參照次級資料來分析，不同世代養成的新聞工作者的認同和新聞實作，是如何鑲嵌在不同的新聞產製文化脈絡中。

依循深度訪談筆記、備忘後，受訪者經驗陳述和意義詮釋進行初步的編碼、分類。本書所有訪談對象共計29人，相關資料均以匿名方式記錄，以確保受訪者受到保護並使其更願意誠實表達其工作經驗和職業詮釋。

針對三一一災難新聞的報導與勞動作為個案，本書則是採取多元的方式蒐集與三一一災難採訪有關的各種記者勞動經驗資料，這樣的研究方法亦有利於研究者探索重要的研究個案（Creswell, 2007, pp. 35-47）。本書質性資料概分初級資料及次級資料。初級資料的蒐集，係針對參與三一一災難採訪的臺灣及日本之新聞從業人員，包括記者、編輯、製作人，以深度訪談、焦點座談等研究方式進行資料蒐集。接觸研究對象的方式，本書主要透過國內兩大新聞從業人員相關的組織，卓越新聞獎基金會、臺灣記者協會搜尋、邀請赴日本進行三一一災難採訪報導的新聞從業人員，詳細請參見附件二。另外本書亦從國內、外蒐集有關地震、輻射及海嘯的相關勞動規定，以及國內舉辦有關日本三一一的論壇、演講和討論會，作為次級資料。

有關初級資料的分析步驟，本書是在蒐集完訪談資料後，首

先將訪談錄音檔轉謄錄為逐字稿；其次再依據訪談內容進行主題式的編碼，諸如依照新聞產製過程不同職位的災難工作經歷、反思以及新聞專業詮釋進行逐一的分類整理。

最後根據受訪者有關重大災難新聞工作的敘事、經驗、意見和反思等論述內容，抽取出概念意義並進行編碼，編碼的詞彙也盡量運用受訪者在深度訪談中所運用的代表性詞彙作為編碼，諸如有受訪者描述其觀察到八八風災時經常有第一線文字新聞記者會利用災區連線報導時，以誇大或者帶有戲劇性的方式報導災情，受訪者其在訪談中數次以「類小丑」描述這樣的災難報導行為。因此在抽取這樣的概念時，研究者便選擇以「類小丑」作為此概念之編碼。

四、本書章節安排

本書共有六章，第一章的導論，從現象到問題意識，然後勾勒出研究問題與理論背景，最後說明資料蒐集方法。在這一個章節，本書特別說明了，不同於過去常以新聞內容進行分析，並且傾向以專業倫理、災難管理的觀點進行規範性研究。本書採取「回到新聞工作者具體的勞動論述和實作」的角度，深入探索重大災難的新聞如何被記者「做出來」。本書所謂的「做新聞」至少有兩層意涵：第一層意涵是指一般意義的，記者當下正在做新聞。第二層意涵是，記者透過做新聞來「展現和實作」內化在其身上的新聞專業。

究竟新聞記者如何做新聞？又為什麼會在重大災難情境之中，採取特定的方法做新聞？從文化實作的角度來看，這些問題

牽涉到新聞工作者是援引什麼新聞專業內涵？這些新聞專業文化內涵，便會影響新聞工作者在一般狀態下習以為常的職業認同、工作方式和產製邏輯。而在重大災難發生時，也會成為新聞工作者在充滿不確定的情境之下，策略性使用可能的因應之道。因此，在第二章本書特別回顧臺灣的電視新聞專業發展，有利於本書了解，重大災難新聞產製工作是鑲嵌在什麼樣的新聞專業文化脈絡之中。

第三章分析在重大災難的不確定性，對於新聞工作造成什麼影響？本章歸納分析發現，從新聞資訊搜集、採訪、連線報導、SNG直播、新聞組合到新聞產製分工，均出現種種不確定問題，高度偏離電視新聞工作所高度倚賴、習以為常的常規產製習慣。那麼當記者從事重大災難新聞產製工作時，不確定性不但帶來新聞產製的困難增加，更帶來做好新聞的可能性降低。

第四章則聚焦在經歷重大災難新聞工作過後，新聞工作者怎麼論述自己的處境、職業認同、應變和專業反思。本章分析了不同的新聞工作者，從前線記者、編輯、新聞主管到主編等等，從這些新聞工作者的重大災難工作論述，本章發現當按部就班的度性實作不再適用，一連串新聞產製環節所構成的媒體機構的不確定性，確實也迫使各類新聞工作者形成種種的反身性思考，並且依照專業認同和方案抉擇兩面向，得到可能的文化腳本，讓新聞工作者在面臨災難情境時形成種種的因應行動。

第五章則是以三一一複合式災情為經驗個案，探討臺灣與日本的新聞工作者在這場重大災難新聞工作的勞動過程，怎麼兼顧新聞採訪倫理，以及維護自身的身心安危。本章發現，日本三一一複合式災難具備複雜、多重的風險問題。不論是日本或國內的

記者，在充滿不確定的勞動條件過程，以及面對各類風險的能知能力有限的狀況下，無法有效因應各類風險，以致於出現身體傷害或心理壓力。因此，強調記者安全的新聞專業實作架構，正是重大災難新聞產製所要且必備的生產邏輯。

　　第六章是結論章，本書闡述了重大災難新聞工作，作為一種新聞專業的文化實作，讓我們能夠回到情境脈絡下的重大新聞工作者的經驗、專業認同和反思行動。更重要的是，讓我們思考可以採取什麼樣不同的角度來理解災難新聞實作的問題。本書發現新聞工作者面對重大災難情境，是處在充滿不確定性的勞動條件，同時在既有的新聞專業文化的限制之下，新聞工作者面對的種種困難與挑戰。換言之，透過本書的一系列分析，希望帶領讀者可以看見，每當災難來臨時我們所關心、緊盯的那一則則新聞的後台，在後台之中我們可以看見這群在充滿困難與挑戰的工作者們，他們如何在結構限制下因應災難的不確定，而展現自己的能與不能。有了這樣的了解，我們也就更可以理解，重大災難新聞產製的結果——災難新聞，不只是一種一連串錯誤、不專業的完成品。本書挑戰那樣的簡化理解，並且主張應該同情式地理解，新聞工作者在充滿不確定性的重大災難新聞工作，面臨嚴重的專業資源、設備和知識訓練的缺乏與不足。因此，在本章的最後，本書也以重大自然災難新聞工作者的勞動經驗為本，提出更具記者安全觀的專業發展、倫理規範轉型之建議。而這樣的研究成果，正是本書嘗試完成的主要研究貢獻。

第二章
臺灣新聞專業的社會文化分析

一、導言

既有研究指出,全球民主社會所普行的新聞業,共享著一相近的職業共識,Deuze(2008)歸納出新聞工作者之間共享一個職業意識形態,具有五種理念型的要素(ideal type),包括公共服務、客觀性、自主性(autonomy)、即時性(immediacy)、倫理(Hanitzsch, 2007)。

反思這類研究論述,係著眼於全球新聞專業所具有的普同內涵,卻忽略不同社會的新聞專業所具有的特殊性。反觀,晚近有越來越多研究主張,不應該忽視各地社會新聞業的運作實況及所具備的社會文化意涵,如此才能夠得到更貼近各地新聞業運作現況的研究發現。本章認為這樣的研究觀點,能提供一種更多元的研究視野,讓研究者反思「被視為理所當然」的新聞專業,形成更具社會文化脈絡的理解。

有鑑此,本章研究出發點是,分析臺灣社會脈絡下以電視新聞為主的新聞專業的建構過程。在概念上,本章所謂的新聞專業是指新聞工作者共享的專業職業文化。因此研究關注的是新聞工作者所浸淫的職業傳統、每日工作常規以及共享的新聞價值、職業認同(Zelizer, 2008; Duffy, 2013)。

在Schudson（1989）早年的研究中，他援引Swidler（1986）的文化工具箱（tool kit）這個概念，探討新聞文化研究，而這樣的討論也成為的重要開端。新聞專業是構成新聞業的關鍵勞動文化元素，在日常勞動情境中，更被視為是一組象徵、故事、儀式和世界觀的文化工具箱，被記者使用來構築集體的新聞價值的追求，探詢行動的意義以及解決各種不同的問題（Swidler, 1986; Schudson, 1989）。因此，探究新聞專業的社會文化內涵，成為一項重要的研究課題。

Reese（2001）指出，研究專業新聞工作者所浸淫其中的職業文化，有賴於研究者探究新聞專業／職業文化的歷史發展。因此研究各地社會新聞業的運作實況及所具備的社會意涵，才能夠得到更貼近各地新聞業運作現況的研究發現（Cottle, 2003／陳筠臻譯，2008）。對此，Zelizer（2008）即主張，詮釋分析新聞專業建構的社會文化脈絡，研究者方能更反思性地重新看見，被既有學術研究視為理所當然的新聞業，釐清新聞工作者是在什麼樣的文化脈絡中經驗所謂的新聞專業／職業意識形態。

過去國內相關研究多以平面新聞媒體（工作者）作為研究對象（如李金銓，1992；林麗雲，2000、2008；林元輝，2004；黃順星，2013）。有關電視新聞在臺灣的歷史發展，既有研究則多透過政經面的結構分析，獲得具體研究成果（林元輝，2005）。重視經驗和行動者意義的研究，諸如以勞動者的角度研究電視新聞發展史，僅有少數的研究成果（劉昌德，2012）。因此，本章特別是以臺灣電視新聞專業作為研究個案，研究問題是：在不同歷史階段，臺灣新聞工作是鑲嵌在什麼樣的新聞文化脈絡之中？新聞專業又如何在社會文化中建構而成？這些新聞專業文化內

涵，便會影響新聞工作者在重大災難發生時，可以怎麼利用既定的新聞專業文化工具，使新聞工作者在充滿不確定的情境之下，策略性使用的可能因應之道，來完成他們的新聞工作。

以下本書將分析歷史過程中的社會政經變化、關於電視新聞的公共論述以及電視新聞工作者的實作經驗論述。具體的研究方法，是透過資深新聞工作者的深度訪談取得初級資料，同時從相關文獻及文件獲得次級資料，包括電視新聞的經驗研究、電視新聞工作者傳記及電視新聞年鑑等。

二、獨占到寡占期：
黨國體制下的新聞專業文化（1962～1992年）

1962年台視開台，臺灣正式進入電視時代，卻是建立在黨國受迫於現代化的競爭壓力。因為在經費來源不足、科技設備和技術能力均無的狀況下，台視設立是由我國與日本商業電視台合作籌設。這種「早產」式的電視新聞事業開辦，被認為是商業力影響的開端。因此在這段時間，電視內容除了受到戒嚴時期政治力的影響之外，商業力量也不斷促成娛樂和低俗品味等節目品質問題的出現（黃新生，1986；柯裕棻，2009）。

值得關注的是，當政府正式確立了臺灣電視台採取的「官（黨國）商合資」的路線，這樣的路線不僅意在降低國家財政的負擔，也讓國民黨和國家得以透過股權和人事權的管控，規訓深具傳播影響力的電視台，達成其政治傳播的目的。黨與國除了可以透過股權來掌握電視台董事會席次以管控電視台發展方針之外，關於重要管理人事，也多是由當時的省政府官員轉任、國民

黨中央薦舉而來。這樣的人事任命方式使得黨國統治權得以直接深入電視台內部進行管理，電視台便可順利成為執行黨國意識形態的工具（王振寰，1993；何貽謀，2002；林麗雲，2005）。

1962年10月10日台視正式開播，轉播國慶15分鐘，臺灣電視新聞專業與職業文化便在這樣的官控民營的電視發展體制下孕育發展。從1962年台灣電視台的正式開播到1969年中視開台之前，有7年時間台視處於獨占期，而此階段的新聞製播文化，基本上是建立在當時的經濟限制、極權政府管控等結構因素，新聞工作者受制其中，也少有自主性。

首先，在經濟限制上，黨國決策以官商合資方式開辦電視，因此電視台的體質，除了是塑造國家意識形態、教養的意識形態的國家機器（柯裕棻，2008），另外也是富有營利的目的。依循經濟邏輯，越具營利潛力的部門越受到重視、分配到的資源也較多。在台視開辦之初，當時的電視新聞被認為是賠錢貨，既無法為電視台開闢業績，社會影響力也遠不如當時的平面報紙和廣播新聞。這樣的看法直接影響了新聞部門所能獲得的資源。因此從建置上來看，當時新聞組下轄在節目部，遲至1966年，新聞組編制仍只有十餘人，由此可以看出電視新聞的弱勢（樓榕嬌，1982，頁28；何貽謀，2002）。特別是，台視成立頭兩年幾乎賠掉了三分之一的資本額（林麗雲，2006，頁86），就一個商業台而言，經濟壓力不可謂不大。

當時台視的主要營收來源，主要來自販售電視機以及廣告收入，然而前兩年不論是電視銷售量或者廣告量都未有亮眼的表現（請參見下表一）。

表一：臺灣電視銷售數、廣告年收入金額及所占比例表（1962-1968）

年度	電視機銷售數	電視廣告年收入金額（萬）	占全國廣告總支出%
1962	4400	136	0.5
1963	12000	706	2.3
1964	43035	2400	6
1965	92559	4200	9.3
1966	157700	7430	13.5
1967	181980	11200	16.5
1968	363980	14000	16.2

資料來源：整理自李瞻（1985，頁9-10）

　　1964年，進入第三年的電視事業，因為電視機販售和廣告收入紛紛以倍數成長，台視當年盈餘高達1,079萬（其中電視機盈餘946萬），此後業績也一路上漲，1969年營利更高達1億2千萬（李瞻，1985）。這樣亮眼的成績，對於新聞從業人員而言深具經濟意義。電視新聞從業人員的職業成就感，不僅在服務國家或者國家領袖，電視公司業績的快速增長也為其職業帶來「經濟」前景，這也使得新聞工作成為具吸引力的職業（盛竹如，1995）。

　　官控商營的經營體制，一般認為是強烈影響電視新聞發展走向的結構性因素。1960年代處於戒嚴時期的臺灣，處處受到黨國體制的影響，因此即便是商業電視的營運形態，電視新聞卻受到來自黨國的內部控制和外部規訓。雖然台視有長達7年時間屬獨占事業，卻因為缺乏成熟的新聞專業知識、實務訓練，加上設備器材不足，且必須在戒嚴時代的集權氛圍，面對新聞檢查，因而使得電視新聞的編採自由受到限縮，連帶客觀性原則、社會責任論等新聞專業義理受到約束，讓新聞產製文化瀰漫著黨國優先、服從領袖權威的氣氛。有研究者便指出，當時電視新聞被視為是

一種推動復興中華文化的工具,因此電視新聞內容,自然也不能夠牴觸國府統治的正當性(林麗雲,2005)。從台灣電視開播當天,於《聯合報》刊登一篇聲明稿即可以看見這樣的主導論述。該篇文章除介紹電視特性、世界發展、技術的重要性、電視台從籌備到開播的歷程之外,特別也說明:

> 電視報導事物的迅速和生動,駕凌其他大眾傳播工具之上。……節目製作上,必須確切符合國家政策及公眾利益——將竭誠奉行國策,宏揚三民主義,宣導政府法令,推廣社會教育及公眾福利……在「處理節目之一般性準則」中,強調節目的採用,應具有正確的社會意識、豐富的教育意義及高尚的娛樂價值。對於違背國家利益,民族尊嚴,政府法令及反共抗俄國策要求者均不得採納(聯合報,1962年10月10日,12版)。

因此,所謂好的新聞內容必須是配合國家、建構國族想像和道德教化的宣傳內容,應該宣揚自由中國在臺灣的富強安樂、三民主義凌駕共產主義的反共國族想像(柯裕棻,2009)。足見這段時期的電視新聞製播,「多數是意識形態或行政需要的延伸(蘇蘅,2002,頁9)。」

另從專業義理來看,臺灣新聞界早自1950年引入美國新聞的專業論述,然而不論是客觀主義、社會責任或新聞自由都受到黨國的影響(劉昌德,2007)。這樣的影響,具體呈現在臺灣獨有的三民主義新聞論:

記者們寫新聞卻是根據他們看到的、聽到的如實報導，不加主觀成分任憑讀、觀、聽眾自己去判斷的原則寫成的⋯⋯抗戰時期，眼看外國記者新聞報導造成嚴重後果的經驗，今日追思，更證明了這些新聞學原則規定的毒害⋯⋯我們很幸運地做一個中國的新聞記者，因為在這因對人性認識模糊，動搖了民主信心而影響新聞觀念的混亂時期中，我們的三民主義早就把這些問題邏輯地給劃定了異常清晰的輪廓（曾虛白，1972）。

在三民主義新聞論中，新聞被定位是社會教育公器，應用負起「教育人民對是做正確的判斷⋯⋯啟迪民智⋯⋯用來加強國家的意識，作為國家發展計畫的聲音（祝基瀅，1987，頁82-83）。」

因此，原本強調多元、平衡的資訊報導，以及新聞作為協助國民批判時政的第四權角色，不僅被壓抑，更被重新脈絡化於戒嚴時期的臺灣社會情境之中。諸如新聞專業理念之一的社會責任論，源自於1947年美國社會，這套專業理念高度強調新聞自主以及新聞自律，並且早早傳入臺灣，卻遇上了戒嚴的黨國時空背景。當時新聞工作者的集體實作，多是服膺或者被要求配合當局的政治控制，在新聞學論述上也不乏見到呼應這樣的現實（劉昌德，2007）。一如既有研究成果指出，在戒嚴時期的特殊脈絡下，引進西方的社會責任論也成為了一種「變形的社會責任論」（林麗雲，2004）。

到了1969年中視開播，正式宣告蔣中正原來主張只特許一家電視經營的政策鬆動，這也坐實了日後電視台成為營利工具的發

展路線。與此同時，電視新聞產製文化形成過程，開始受到（市場）競爭邏輯的影響。

事實上開放中視的設立，正是源於1964年後電視市場不斷擴張所帶來的龐大利益，因而讓國民黨內興起分食電視廣告大餅的想法。眼見電視事業的商業利益以及日漸增長傳播力量，1965年開始便有國民黨人士、政治人物頻頻對當時的主管機關交通部進行施壓，要求打破台視獨占政策。當時訴求的論調就是，「透過市場競爭才會帶來電視進步」。不久之後，更多壓力迫使黨國從原來的電視獨家經營政策轉向有限度開放（李瞻，1975，頁3；林麗雲，2006，頁88）。在定位上，中視不僅自詡為政治宣傳工具，更明言作為一家商業電視台，志在爭取高獲利、以高營收為努力目標。隨著1971年華視緊接成立，臺灣也正式進入黨政軍主導的三家電視台寡占經營的態勢（林麗雲，2006）。

當臺灣電視新聞從一家獨占、兩家寡占到三家競爭，競爭邏輯也很快滲入具體的新聞產製流程之中。無線三台不再是獨立產製新聞，而是開始進行相互監控，以競爭新聞表現。這段時間三家電視台開始彼此監看、作為新聞製作的參考。如面對中視成立後，面對競爭壓力，台視新聞每日新聞產製流程，就開始增加了一項新的工作項目，也就是監看中視新聞。藉此擬定每日新聞內容製作的策略，並且在新聞播報時，刻意突顯「台視新聞」與中視新聞的差異。為了「樹立新聞的權威感」，台視甚至改變新聞播報方式，新聞也不再由女播音員播報，而改由記者單獨播報（盛竹如，1995，頁74-75）。

競爭也創造了各台新聞時段搶先播出的現象（張天福，1986；葉建麗，1994；盛竹如，1995）。三台為了競爭，策略性

地異動新聞時段，以爭取播出先機、贏得收視率，直到1973年政府介入、要求一律固定在晚間7點30分播出，這才宣告停止（何貽謀，2002）。

當競爭開始成為新聞專業的實作邏輯，爭取獨家新聞也變成記者念茲在茲的優先事務。盛竹如在其回憶錄便津津樂道，一次與其他台記者一同搭乘直升機採訪，卻發生墜機意外，劫後餘生之餘立刻製作墜機報導：

> 我連忙說：「趕快拿出來拍片啊，直升飛機從天上摔下來，斷成了兩截，這鏡頭多難得。」
> ……當天中午十二時四十分的台視午間新聞，以頭條播出了我的報導。……沒想到自己反而成為了新聞人物，又採訪了自己的新聞（盛竹如，1995，頁237）。

但在一般情況下，黨國對於電視新聞進行嚴格管控的措施，仍對電視新聞內容造成全面性的影響。這段時間新聞產量雖然逐步上升，但電視新聞內容卻仍多以發生在機場、會場的政要新聞為主，這類新聞又被稱之為「機會新聞」。當時的新聞從業人員也了解到，機會新聞過多導致重複播報的情況，另外也造成國際新聞、地方新聞不足和新聞膚淺的問題。對於觀眾的不滿，新聞從業人員雖然有所自覺，卻無力改變（葉建麗，1994）。

這時期僅有極為零星的事件，可以看到新聞從業人員爭取新聞自主的主張。受訪者V在1970年代進入華視新聞部，在戒嚴期間他曾經因此新聞播報當時黨外議員候選人康寧祥的勝選感言，驚動華視高層。「他們馬上把我從主播台拉下來」，並且質問

怎麼可以播出這樣的新聞。然而受訪者V卻當場反駁,「這是新聞、為什麼不能播」(受訪者V,2014/02/10)。這段實作經驗正反映出當時的新聞從業人員,雖然處在黨國規訓的媒體結構之下,卻已經開始有了新聞自主的意識並嘗試對結構做出小突破,以展現自我對新聞專業的認同。

　　需要追問的是,為什麼面對外界的質疑,新聞工作者仍多甘於接受現況,而未見更多追求新聞自主的行動?可能的解釋,可以區分兩個面向進行分析。

　　首先是執政者對新聞管控趨嚴。1971年蔣中正過世、蔣經國接班開始採取更嚴格的新聞管制措施:

> 在新聞報導上,臺灣高層只喜歡報喜不報憂,因而種種不利的消息,都未能擴大並深入報導……。
>
> 這時對電視的管制越來越嚴,越來越緊,較之蔣中正未過世之前,有過之而無不及。我就經常接到消息,說蔣經國看到某個電視節目相當生氣,……蔣孝武也經常傳達蔣經國對電視節目厭惡的訊息,於是,三家電視台的總經理,常常被招喚到新聞局或文工會,接受訓示,接受指示(盛竹如,1995,頁195)。

　　過去研究者認為,黨國是以官商合謀模式,建立黨國與電視新聞的恩庇──侍從關係。因此從經營電視台的董監事名單、管理階層的人事布局及營運結構等等資料,研究者推論,黨國得以透過股權和人事管理權來管制具體的新聞產製。這樣的侍從主義結構,也迫使得電視新聞長期從屬於當權者(王振寰,1993;林

麗雲，2006）。如此，當新的統治者繼位後，也能同樣透過這個管制結構進行新聞控制。因而在管制結構嚴格的階段，新聞競爭難以帶來客觀專業主義的興起，競爭大多是反映在技術、播出時間及非政治新聞的競爭之上。

就具體的新聞工作經驗來看，受訪者E於1987年開始在台視擔任記者、歷任採訪中心主管、主播、製作人，她坦言在老三台時期新聞工作並不符合社會對於第四權的想像或期待：

> 以前在三台那個年代，新聞完全是一個服務業啦，開玩笑，它是服務官方嘛。應該說是一個官方的宣傳口徑啦，宣傳單位啦，以前的老三台。
>
> （問：三台都是這樣？）
>
> 當然是啦，以前是黨政軍嘛，華視是國防部的，中視是國民黨的，台視是省政府的，華視是軍方的嘛，以前三台就是服務官方的啊，沒錯啊，所以三台新聞很好編啊，因為第一條是總統，第二條行政院長（受訪者E，2013/12/13）。

值得反思的是，侍從主義的解釋恐易淪於結構決定論。假若從行動者的角度重新思考，任何結構限制都可能面臨行動者抵抗或不配合的問題。特別是侍從主義的分析對象經常停留在所有權和管理階層，未能夠有效解釋，進行具體新聞產製的工作者為何會集體的服膺管控結構，又為何少見新聞從業人員發揮自主性而進行結構的抗阻（resistance）。本文認為，這必須要從當時新聞從業人員所享有的待遇、勞動條件來做解釋（劉昌德，2012）。

進入1970年代電視廣告市場持續成長，電視廣告年營收已高達140億元左右，並由三台寡占、分食。直到1990年前後，三台寡占的經營績效仍然亮眼，根據莊春發（1994）研究統計，1990年台視營收42.67億元（利潤8.81億）、中視營收32.93億（利潤5.36億），1991年華視營收42.72億元（利潤8.88億），營業報酬率則依序高達20.64％（台視）、16.27％（中視）和20.78％（華視）（石世豪，2001）。電視台的高利潤，直接受惠者當然包括新聞從業人員。這時期的記者不僅基本薪資比一般勞工高，整年收入甚至與金融業的管理階層相當。因為廣告業績甚豐，電視台往往以各種名目、不時加發各種獎金（烏凌翔，1995），因此新聞從業人員形同是貴族勞工，這適度解釋了為何當時新聞工作者甘於附和黨國政治人物，甚至有明星主播為國民黨造勢等等現象出現（劉昌德，2012）。這也形塑出電視新聞產製過程的新聞工作者，在其經驗與實作中，更加契合於「侍從主義」的電視經營結構。

> 我們社會大眾都希望新聞傳播界能夠發揮導引的功能，促使社會走向和諧與康莊大道，多多報導好人好事的新聞和消息，深盼新聞傳播界，對整個社會負起教育啟發的責任（蔣經國，1982）。

　　上段引文是民國71年，蔣經國主持中國國民黨中央常務委員會的發表談話。在戒嚴的威權體制下，對於電視新聞管控甚嚴的蔣經國，他公開談話的目的不僅在於期勉電視新聞界，更是以統治者的身分交付新聞從業人員「國家任務」。這樣的儀式展演，

也規訓著電視新聞必須要成為引導臺灣社會、規訓臺灣社會的國家機器。因此，實際上電視新聞是維持恩庇者的執政合法性的利器、扮演著意識形態的國家機器。

而讓這部機器能順利運轉的新聞從業人員，理想上是一種聲稱放眼國家、民族、社會的千秋「大利者」，卻不免僅是獲取「小利者」（石永貴，1982）。特別是老三台的新聞競爭過程，新聞從業人員不時扮演著創造電視產業經濟價值的勞動者。走過老三台的電視新聞人多有體會，如李濤在1990年代便批判過往長期被黨政軍制約而形成電視新聞具有一種特殊文化，他形容是「揣測的官僚文化」，坐領高薪的電視新聞工作者普遍出現，怕「跟錯邊、踩錯腳」的心理，因而在新聞實務工作中，往往會出現揣摩上意的情況。更有新聞從業人員提出嚴厲的批判，認為這樣的產製文化也造就「一群追逐年終獎金的快樂白癡（林志恆，1993年4月15日）。」

這說明威權時期的電視新聞專業如何在特定的社會脈絡下形成，同時也具體從結構和行動面來分析，電視新聞何以能夠成為黨國宣傳機器。本章認為，這不僅關係到侍從主義的管制結構，也關係到許多老三台的新聞工作者為了持續享有貴族勞工的地位有關。

值得關注的是，當進入1990年代後，一些結構機會出現，越來越多彰顯新聞自主、新聞專業的主張也開始形成，甚至有記者公開抗拒政治對新聞自由的干預。

三、自由競爭期：
市場化的新聞專業文化（1993～1999年）

　　1990年代，隨著這段時間的臺灣政經結構發生了變化，讓電視新聞專業也歷經新一波的變革，開始走向所謂的市場導向的電視新聞專業文化。即便無線電視管理結構仍然受到黨政軍的把持，三家電視新聞不再是以單一的框架進行報導，由此可以看見意識形態鬆動的跡象（蘇蘅，2002）。

　　相對於市場力量的增強，1987年蔣經國宣布解嚴，去威權體制越趨成為難擋之勢（胡元輝，2008）。來自內、外部的聲音，開始撻伐電視產業長期成為政治工具、受到政治黑手把持的問題。

　　1993年發生一件極具象徵性的事件，當時的華視當家主播李艷秋，在這一年榮獲金鐘獎新聞節目主持人獎，卻在領獎致詞時自嘲是領「最佳傀儡獎」，藉此抗議新聞工作長期受到政治勢力的掌控，新聞工作者未能夠擁有自由編採、報導的權利（粘嫦鈺、江聰明、張文輝、周立芸，1993年3月21日）。平面媒體出現多篇報導，民意代表也響應對新聞業進行齊聲檢討，訴求政治力鬆手，要求「尊重人民知的權利，讓媒體公平、公開報導，而不是要它作為政治人物欺騙民眾的政治工具（李慶華，1993，頁92）。」

　　當政治黑手掌握電視新聞，這個向來只能意會、不能言傳的問題，首度在大眾媒體被直接公開，不少電視記者也以具名和不具名的方式接受其他平面媒體訪問，暢談新聞遭受干預的問題。只是當時老三台管理階層，立即發動各種箝制記者言論的措施，

許多記者顧慮遭秋後算帳,唯恐年終考績受影響,甚至工作不保而選擇噤聲(林蕙娟,1993年5月15日)。這個現象再次突顯出,黨國經年累月打造出的老三台的營運結構,無法在短期間被打破。

在老三台寡占的時代,作為一個新聞工作者,就算有新聞自主的意識,想要獲得更多新聞自由的空間,也僅能做到微小的抵抗(羅文輝,2004),然而這個情況到了第四台合法化後有了改變:

> 以往若要是離開一台,就等於離開電視圈,因為別無選擇,但現在卻進入多元的戰國時期了,三台主管再也無法三手遮天,掌控所有電視記者的流動,新的選擇早已不斷出現,……在三台還能發時十個月年終獎金時,大家或可相安無事,一旦廣告市場情勢逆轉,要留住人才就很困難了(烏凌翔,1995,頁100-101)

1993年恰逢討論多年的第四台合法化,1994年原本非法的第四台,搖身一變、成了合法的有線電視,這也讓稍早開放的衛星頻道能夠合法上架播出。即便衛星電視在初期薪資不高、收視率也較低、加上前景未明,卻仍有三台明星級的新聞工作者投向衛星電視新聞台,突顯長期受黨國箝制的新聞工作環境,已經讓電視新聞工作者寧願去到更能有所發揮的環境(烏凌翔,1995,頁96-98;唐士哲,2014)。如此說明了,有線電視的出現正創造了一個機會,發展更趨市場競爭導向的電視新聞文化。

雖然國、內外研究者多認為,市場化對電視新聞產製會帶來負面的影響(經典論點如McManus, 1995),然而在1980年代到

1990年代初期，市場化對於急於擺脫政治黑手操弄的臺灣電視新聞界，卻有著正面的作用。因為這些訴求市場需求的衛星電視新聞，刻意以追求新聞自主來奪得不滿於黨國控制的新聞閱聽市場（蘇蘅，2002；唐士哲，2014）。

就經營體質來看，有線電視能夠成為專業化的發展空間，關鍵在於當時有線電視法施行同時，政府確定不再採取官辦民營方式，而是允許有線電視業者（包括衛星電視頻道）以純商業模式經營。因此1993年第四台合法化後，不僅宣告打破無線三台對於電視新聞的壟斷局面（陳炳宏、鄭麗琪，2003），也說明了黨政軍不能夠再以官辦民營的手段，複製戒嚴時期從資本控制、組織經營的方式進行新聞管控。

事實上，早在有線電視合法化之前，在第四台時期的有線電視頻道是長期被國家機器邊緣化的媒體，因此經營樣態更多是受到市場經濟主導，擁有相對自由的電視新聞產製環境（翁秀琪，1993；蘇蘅，2002）。種種歷史因素直接、間接促成了有線電視新聞台將新聞自主、政治議題平衡，作為與老三台的新聞台相互競爭的訴求。

當有一群新聞工作者向商業有線電視靠攏，強調不甘願從屬於黨國意識形態和科層的保守約制，而更傾向於堅持自己的新聞自主，另一種不同於前一時期的新聞專業論述和實作經驗也開始逐步建構。「根據事實的報導」在這段時期開始成為新聞工作者訴求專業的職業意識形態，更明顯成為受職業標舉的新聞價值（受訪者G，2014/2/17）。在實務經驗上，這個階段的新聞工作者也開始會據理力爭，訴求採訪現場的新聞事實，而不再遵循長官或組織所設定的新聞框架：

> 以前在當記者的時候,我很堅持是我要告訴我的主管我要做什麼,因為我才是那個站在現場的人啊,他又沒站在現場,怎麼可能是他告訴我要做什麼,你頂多因為比我資深,你比我有經驗,你跟我討論,因為你可能有多一點的經驗可以告訴我,OK!但是我必須把我所見所聞,我的現場、我的觀察告訴你(受訪者D,2013/12/13)。

受訪者D是某新聞台的主播兼總編輯,1990年代她便參與TVBS新聞台的開台並擔任政治記者。受訪時她便認為,新聞產製過程以現場採訪為開端,強調現場事實是新聞的核心價值,新聞主管也應該尊重前線記者。如此也反映出,衛星電視新聞台的成立,確實創造出一定的新聞自主空間、讓新聞記者對於新聞事實據以力取,從而建立一種相對於前一段時期不同的新聞專業意識形態。

在市場競爭的電視新聞文化中,各台嘗試透過各種產製作法來搶占廣告市場,使得無線與有線新聞台在初期有過一波短暫的良性競爭期,不僅反映在新聞自主、追求真相、事實的新聞價值追求,也反映在新聞工作者實質的薪資報酬和社會地位,以及新聞製播品質的提升。

尤其自1996年後,電視新聞圈興起的「新聞戰」,首先開始出現一波又一波的搶人大戰,各新聞台不僅相互挖角明星主播,也挖角新聞主管、記者,且薪資也維持在相對高的水準;在新聞製作上,各家新聞台開始投入大筆經費、購買數億的製播器材。反觀無線新聞台也有不少改進,諸如當時中視也開始有主播台下鄉巡迴、兩岸衛星新聞連線以及大量SNG現場連線報導等較具

革新的新聞產製方式。此外，這段時間各台也出現更多元的新聞內容製作，如超級新聞網報導國際新聞、TVBS六點播報台語新聞、華衛新聞台強調地方新聞（江聰明，1996年5月19日；江聰明，1996年6月17日；林維娟，1996年6月28日）。

值得注意的是，新聞台蓬勃出現以及多元競爭的情況下，電視新聞媒體「這班通往名利的『直達車』並不好搭」（李四端，1995，頁60）。當新聞台之間陷入更加競爭的局面，則所謂的新聞專業的文化實作，表現的是利用SNG連線搶時、搶臨場感，以及爭取不獨漏新聞的情況（江聰明，1997年1月5日）。

1999年是發生九二一大地震的這一年，新聞報導新聞工作者盡職投入災難新聞工作、甚至抱病固守工作崗位（張文輝，1999年9月22日）。這時也首次出現本該是螢光幕後的後台戲碼，變成了公開在台前的新聞內容。這樣的現象，一方面突顯當時新聞界力求對社會展現「應有的社會責任」以及他們對新聞工作的熱誠，藉此博得新聞專業、盡職的聲譽。另一方面，九二一大地震爆發，當時各家新聞台採用「馬拉松式的SNG現場連線」，卻不時出現口誤、措辭不當等問題，另外也出現搶新聞搶到甚至影響救災的現象，導致社會大眾的不滿、新聞局也督促媒體自律（張文輝，1999年10月8日；李天鐸，1999年10月18日）。除此之外，電視新聞記者的專業本位也開始遭質疑：

> 有位無線電視女記者，災後第二天，很快地趕到災情嚴重卻未受到外界注意的台中縣霧峰鄉報導災情，到了災區後，她動作很快地爬上一棟全倒的房屋瓦礫堆上，要攝影記者從她的右臉部拍並帶進整個房屋傾倒情形，原來陽光

從她右臉直射，可以顯得臉部較光滑，這還不打緊，這位女記者一開口就說：「目前記者所在的位置是『南投縣』霧峰鄉……。」（哀今，1999年10月12日）

部分的新聞記者在此階段也開始轉變自我的角色認同，關懷自己鏡頭前的現身，更勝於災難的現場。這個新聞實作邏輯的出現，與當時新聞戰大搶明星主播有關。明星主播擁有高知名度、動輒數百萬的高薪，成為新聞記者欽羨的對象以及企圖競爭的位置，這也驅動第一線的新聞工作者企圖透過新聞採訪來提高知名度，來讓自己擺脫第一線工作壓力，爭取到更光鮮亮麗、高薪的位置（李艷秋，1997；轉引自劉昌德，2012）。這樣的現象反映出新聞專業邏輯的變化，讓本來是「追求公共利益的無名英雄」角色，逐漸轉變成「現身螢光幕前的公益急先鋒」。

越來越趨市場導向的新聞實作出現（薛繼光，1999年4月），當收視率等於廣告營收的情況下，收視率制度也影響電視台，造成節目產製不正常，反映出劣質化的產業文化。時任中視董事長的鄭淑敏，便曾大動作在各報刊登聲明文，批判這樣的現象：

電視台的商業競爭……令所有的電視人變成「蛋白質」[1]的行徑（鄭淑敏，1999年11月30日）。

值得關注的是，隨著有線、衛星電視新聞台興起，電視新聞產製的流程也更趨複雜。一般而言，每日新聞產製以午間、晚

---

[1] 蛋白質，意味著（1）笨蛋：相信節目排行榜有意義，（2）白癡：去附和追逐節目排行榜的爛規則，（3）神經質：成天為節目排行榜雞飛狗跳。

間為主。其中午間新聞因為作業時間較短，新聞內容較不如晚間新聞完整，有時午間採訪時間不夠，來不及做好過好聲音的新聞帶（SOT），就會由主播現場看畫面念稿或採取與記者現場連線報導（受訪者H，2013/12/14）。與此同時，各台會彼此監看午間新聞，以便在14：00召開的編採會議中擬定競爭策略（羅文輝等，2009）。由此可見，進入自由競爭時期的新聞產製流程，比起前一個階段更為複雜、繁瑣，此外監控其他台的新聞走向，也明確被列為是新聞產製過程重要的工作項目，這也突顯出競爭邏輯具體鑲嵌在常規制度之中。

不久之後，有線電視頻道開始接受廣告代理商的要求，採用保證CPRP（cost per rating point）的廣告購買方式，也就是用固定金額購買收視點，電視台必須保證廣告檔次的收視率達到原先的要求（林照真，2007年3月31日）。這也意味著，電視廣告市場逐漸從買方市場轉變成為賣方市場，不論節目或新聞製作都開始受到收視率影響，以求提升收視率（張時健，2005；林照真，2011）。

因此可以發現，衛星新聞頻道的逐一出現，同時帶動了新聞市場的多頻道競爭局面，市場競爭狀態也造就了新的新聞專業論述成為可能。在社會需求、政治解嚴和新的媒體空間的開創下，雖然新聞市場的競爭，一度帶來了訴求多元、平衡報導、尊重新聞自主、貼近事實的新聞產製文化。這不僅有效號召新舊新聞工作者，落實在新聞產製的成果上，第一線的記者實際的現場觀察是具優先性的新聞元素，更多現場直播（live），讓記者在現場直接與主播台問答，給予觀眾第一手的即時報導，因而也成為這時代被大量啟用的新聞產製方式（江祥綾，2011年7月9日）。但誠如McManus（1995）研究指出，當新聞競爭成為一場經濟的征

戰,則牟利將逐漸凌駕於客觀專業倫理成為新聞產製的目的,如此也使得新聞產製結果出現更多的負面新聞表現。這種負面表現到了惡性競爭期則更為明顯。

四、惡性競爭期:競逐微利的新聞產製文化(2000～)

2000年有線電視台廣告量正式贏過五家無線電視台(台視、華視、中視、民視、公視),這一時期「競爭」仍然是驅動電視新聞文化發展的重要動力,但相較於前期的良性激勵,這一時期的新聞台走到了惡性競爭的局面。不僅是無線電視廣告快速下滑,過多衛星電視頻道投入,以及逐步萎縮的電視廣告市場,正反映出惡性競爭的態勢。自2000年以來,無線電視廣告量嚴重下滑,而有線電視也在2003年開始跟進,走向年廣告量持續衰退的命運。從總體電視廣告量來看,2000年到2003年廣告量有起有伏,大約都能夠維持在270億到330億左右,然而自2003年後,廣告量開始下挫至238.8億新臺幣,之後甚至有許多年總體廣告量跌破200億,可見電視廣告市場萎縮嚴重(請參見下表二):

表二:無線與有線電視歷年廣告量

單位:新臺幣(億)

	2000	2001	2002	2003	2004	2005	2006	2007	2008	2009
有線	176.7	161.1	223.6	246.3	181.9	166.8	149.1	140.5	135.8	158.2
無線	130.0	115.6	98.2	87.9	56.9	43.5	41.3	40.9	44.5	43.4
總和	306.7	276.7	321.8	334.2	238.8	210.3	190.4	181.4	180.3	201.6

資料來源:整理自劉蕙苓(2011)、2012臺灣媒體白皮書。

当市場競爭進入到了競逐微利的時代，就導致更多逾越新聞專業尺度的作為，新聞表現更危及新聞業在社會的公信力。

(一) 業配新聞實踐與競逐收視率：降低專業自主性

首先是在2000年這一年，置入性行銷正式成為電視台的業務之一。業務部門除了應廣告客戶要求，將廣告訊息置入新聞報導內容之外，也會主動以廣告搭售置入性行銷來刺激廣告業績。這樣情況正顯示出，電視新聞媒體面對日漸分眾、萎縮的電視廣告市場，所使出的「求生」手段（黃國師，2005）。

根據陳炳宏（2005）研究調查發現，這段期間有超過96.9%的新聞記者看過置入性行銷，在各類媒體之中尤以有線電視（93.2%）和無線電視（76.9%）被認為有置入性行銷的比例為最高。同時有高達49.4%的受訪者認為，有線電視新聞出現置入性行銷的狀況，居各類媒體之冠。而委託電視新聞台進行置入行銷最主要為廣告商、廣告主（62.6%）。顯見，置入性行銷在2000年之後越形普遍。

當廣告與新聞的分界被打破時，不僅是傷害了新聞作為事實資訊傳遞、公共論壇的固有專業角色，也讓收看新聞的閱聽眾，在不知情的情況下被迫轉變為收看廣告的消費者，嚴重傷害了公民與新聞媒體之間的倫理關係，造成新聞倫理的崩毀，也侵害了大眾新聞的公信力（林照真，2005；陳炳宏，2005）。

> 「新聞置入性行銷」讓古典新聞學所強調的新聞專業、記者信條、媒體獨立等基本價值，全都在臺灣媒體惡質競爭中遭到廉價拍賣，象徵第四權的媒體公器，也像烏托邦幻

減（林照真，2005年2月）。

不僅是平面媒體對此血淋淋地披露，有一系列研究證實了置入性行銷的日漸普遍，改變了原本依循既有的新聞專業價值和產製邏輯（羅文輝、劉蕙苓，2006；劉蕙苓，2011）。

受訪者G是資深新聞人，新聞工作橫跨戒嚴時期和解嚴後至今。他便強調這段時期，電視台收視率普遍低，難免要配合業配新聞，「最多一天三則」（受訪者G，2014/02/17）。這也突顯出置入性行銷的普遍對於當時的電視新聞台而言，不僅是可有可無的營收補貼，實質上已被視為是必須接受的營收需求。

廣告購買從檔次購買轉變為保證收視制度，更助長了低迷收視率各家新聞台，開始不惜倒因為果，由「節目製造收視率」的邏輯，轉變成為以「收視率創造節目」。換言之，為了收視率，電視台不惜改變新聞產製的過程，這也使得競逐收視率成為新聞產製文化轉變的最大動力。在各電視台競逐收視率的過程，「收視率對電視產業最大影響在於其已成為節目內容修正與調整方向的主要依據，電視節目與個人成功與否，均以收視率為指標，收視率決定了電視新聞專業文化（林照真，2009，頁123）。」

競逐收視率的電視新聞專業文化形成過程，同時是展現出這段時期新聞的劣質表現以及新聞產製的種種特殊實作方式。除了採用SNG現場連線造成的淺碟化新聞現象，社會新聞、娛樂新聞的比例也大幅增加，另外這階段更顯著的是羶色腥的新聞表現手法越形普遍。羶色腥的新聞表現，標示了電視新聞採取煽情、訴諸感官的報導手法，將資訊與娛樂題材混搭成新聞，以滿足閱聽眾看電視新聞時的娛樂需求。就新聞產製面來看，這也造就了

電視新聞產製比重傾斜,更多的八卦新聞、著重人情趣味的小故事成為新聞產製的重點,連帶也造成新聞產製過程更加重視製造驚奇、戲劇效果而非聚焦於事實的呈現,因而電視新聞更常以侵入式或者窺探的角度,採訪報導人物隱私、犯罪、意外、醜聞。在新聞角度上,即便是尋常的意外事件,電視新聞工作者也會刻意讓畫面看起來很嚴重。相對的,就算是嚴重的災難新聞,在新聞中也會採做一些人情趣味的題材,藉此爭取收視率(王泰俐,2004)。2002天下雜誌以「弱智媒體」為標題,報導社會各界對於時下電視新聞的不滿,並提出質問:「臺灣媒體是不是有集體走向弱智與反智的傾向(楊瑪利,2002年4月)?」

競逐收視率也造成了新聞同質化日趨明顯。新聞同質化意味著各家電視台新聞內容的選材同質化、新聞內容多大同小異(劉昌德,2012)。在具體的新聞實作上,為了追逐收視率電視台的採訪開始採取「會稿」,也就是共同採訪同一消息來源的方式,以此來採訪新聞(曾喜松,2011)。這種作法也意味著,各路線的新聞記者不再用心尋找新聞線索,或培養與消息來源之間的信任關係,以至於喪失新聞採訪的能力(受訪者A,2013/11/05)。

競逐收視率也影響了新聞室裡的實作邏輯。對編輯室而言,每日新聞產製的開始,發生在編採會議上。一般而言,臺灣電視新聞台會在早上8點半召開編採會議,採訪中心會根據各路線記者回報的訊息,參考報紙和消息進行預備採訪的提報,會同新聞部長官和編輯群進行討論。而編輯則會固定提報前一天新聞播出後的收視率,以檢討其他台為什麼高或低,自己所屬的新聞台又為什麼高或低(受訪者I,2013/11/09)。為了競逐收視率,編

輯會藉由收視率與採訪部門的主管討論應該怎麼篩選採訪議題，決定新聞採訪的分派。此外，編輯會依據收視率來規劃每個時段要播出的新聞順序（Rundown）。換言之，在編採會議上，收視率「是一個共通的語言，所有人都圍繞著它而發言（黃淑芬，2010，頁68）。」

為了收視率，電視台甚至不惜刻意縮短每則新聞的長度，對新聞台而言，所謂的好新聞變成是時間短、議題輕薄、會吸引閱聽眾目光又好讀的新聞，因為這會讓新聞更適合販賣。當重大新聞出現，各家電視台就會一直做同一則新聞議題，因為新聞從業人員普遍堅信，只要播出跟重大議題無關的新聞，閱聽眾就會立刻轉台看別家的報導，這也說明了為何重大新聞爆發時，屢屢出現各台一致性地、不斷報導同一個新聞議題，形成一窩蜂的情況（邱鈺婷，2006；林照真，2009）。

競逐收視率的電視新聞產製文化，突顯新聞從業人員在面對抽象的廣告結構，逐漸採取「體認經濟現實」的狀態（曾國峰，2010），也就是當臺灣進入到過度競爭的電視廣告市場時，商業新聞台必須加入「求生存」的行列，盡可能維持在一定的收視率。

> 以新聞台的價值來講，對社會的價值，就是應該盡到社會責任，因為我覺得社會責任遠比它的就是利潤還要重要，因為利潤可以讓公司活下去，我們總是要生存嘛，是不是？（受訪者B，2013/11/12）。

衛星電視公會新聞自律委員會主委陳依玫（2008）長期觀察電視新聞業的生態，她認為這個階段新聞業其實身陷在收視率的遊戲

規則之中，收視率宰制了廣告主、廣告主則吃定了媒體老闆、老闆要求經理人介入、新聞主管和從業人員不時面臨要屈從的命運。

> 如果你問媒體人，你怎麼不反抗？我聽到基層的悲鳴是：如果不配合，下場就是調去當「守門人」（守馬／謝家的門）、調去非戰鬥部門，這記者／主管可能此後幾個月都沒有表現機會。而我們並沒有權力要求任何人當烈士（陳依玫，2008，頁114）

在競逐收視率的遊戲規則之中，不僅是媒體求生存，新聞從業人員轉變為餬口飯吃的新聞產製工人。記者在新聞選材上會尋找有梗、具話題性的內容作報導，在長官鼓勵、經理人喜好之下，連帶在新聞報導上也不時出現記者採取更具表演性的報導風格（受訪者C，2013/11/14）。一如Ehrlich（1995）的研究發現，當新聞媒體之間的競爭，僅以收視率來爭取利潤，那麼收視率就會成為驅動新聞產製變革的主導力量，這也意味著，新聞工作者會願意為了做出一則則有收視率的新聞，而開始採取一些可能創造收視率的新聞採訪方式。而競逐收視率的採訪方式，這類的新聞因而變成了記者競爭、爬上事業階梯的工具。

具體而言，在競逐收視率的電視新聞文化形成，意味著新聞從業人員在新聞產製過程之中，彼此溝通協調多圍繞著收視率為主題，創造收視率也就成為新聞編採的核心議題。不論接不接受，必須要爭取收視率成為每個新聞工作者自我反省、實現工作成就的關鍵因素，新聞場域各家電視台對於新聞工作人員的賞罰依據收視率，新聞產出的目的也多迎合收視率邏輯。

（二）從媒體集團化到政媒共生：侵蝕公共價值的新聞文化

面對新聞媒體市場萎縮和高度競爭，廣電新聞媒體的產業變化，不僅展現在對於收視率的競逐，也展現在經營模式上，也就是藉由合併、收購等方式進行媒體集團化，來達成降低經營成本、提高市場占有率等目的。鄭麗琪、陳炳宏（2003）以「中視媒體集團」作為個案進行研究，該研究指出：面對來自有線電視對廣告市場的競爭與瓜分，作為無線電視台的中視，於1997年開始進行媒體集團化和多角化的發展。中視媒體集團透過中視衛星廣播公司進行三個有線電視頻道的水平整合，以及朝上游節目來源與發行通路進行垂直整合，形成以電視頻道為核心的媒體集團化。與此同時，中視媒體集團也擴大跟其他媒體的合資和結盟（鄭麗琪、陳炳宏，2003）。值得注意的是，這篇研究開創性地指出，面對市場高度競爭與市場自由化、媒體科技發展等影響所造成的媒體集團化現象，但對於這樣的集團化究竟如何影響新聞產業和專業發展，尚未有進一步探討。

後續有研究指出，2000年以後開始可以看到，電視新聞媒體出現媒體集團化的現象，進一步引發新聞多元性下降的疑慮。這樣的研究，明確提出一項重要的論點，也就是媒體集團化恐負面影響新聞媒體的品質表現。換言之，媒體集團化將挑戰新聞媒體有關資訊平衡和意見多元等專業價值。諸如陳炳宏（2010）研究指出，媒體多元（media diversity）是評量新聞專業能夠保障公共利益的基準，以呼應民主政治發展和社會多元的要求。然而在臺灣媒體產業經歷一連串自由化與市場化後，2000年前後開始出現媒體所有權集中化的現象。該研究以內容分析法，具體分析2000年東森集團併購《民

眾日報》、2002年《中國時報》併購中天電視等媒體,探討這些併購案例對於新聞內容的多元性產生何種影響?研究結果發現,集團化確實造成新聞內容多元性的下滑(陳炳宏,2010)。

　　媒體集團化不僅出現媒體業本身的集團化,也可以看到財團對於媒體業進行併購的現象,進一步惡化媒體多元的問題。例如2008年以食品業為本業的旺旺集團拿到《中國時報》集團的經營權,並同時擁有有線電視台(中天電視台)、無線電視台(中視)以及《中國時報》等多家媒體,形成「旺中集團」。2009年通傳會(NCC)正式通過旺中集團對於中視與中天的董事長變更,此後又因為傳出旺中集團計劃併購中嘉系統台遭到臺大新聞所多名教授連署反對,以及後續2012年旺中集團企圖收購臺灣壹傳媒,而引發國內強烈反彈。當時出現了由台灣記者協會等近百個民間團體所發起的社會運動——「反媒體壟斷901大遊行」。該運動也促使通傳會於2013年回應外界要求,嘗試訂立專法《廣播電視壟斷防制與多元維護法》草案,以規範因為媒體集團化趨勢所可能產生的媒體壟斷問題。[2]然而該草案內容相關媒體團體、學者專家批評,存在若干問題。[3]再加上草案送進立法院後

---

[2] 廷奕\法律白話文運動(2019)。歷史上的今天》你好大,我「好」怕!。自由電子報,網路連結https://talk.ltn.com.tw/article/breakingnews/ 2903076。

[3] 台灣媒體觀察教育基金會、媒體改造學社、傳播學生鬥陣(2013年5月19日)。〈《廣播電視壟斷防制與多元維護法》草案:我們的共同分析與看法〉。台灣媒體觀察教育基金會,網路連結https://www.mediawatch. org.tw/sites/default/files/%E3%80%8A%E5%BB%A3%E6%92%AD%E9%9 B%BB%E8%A6%96%E5%A3%9F%E6%96%B7%E9%98%B2%E5%88%B 6%E8%88%87%E5%A4%9A%E5%85%83%E7%B6%AD%E8%AD%B7% E6%B3%95%E3%80%8B%E8%8D%89%E6%A1%88%EF%BC%9A%E6% 88%91%E5%80%91%E7%9A%84%E5%85%B1%E5%90%8C%E5%88%86 %E6%9E%90%E8%88%87%E7%9C%8B%E6%B3%95.pdf

直到該屆（第八屆）立法委員任期屆滿，仍然未完成立法程序而在2016年遭撤案（曾國峰，2019，頁5）。

2019年，將數位匯流發展趨勢以及國內化情勢將以納入考量，NCC再推新版本的《媒體多元維護及壟斷防制法》草案。草案內容核心宗旨仍在於，避免媒體集團化導致意見過度集中，侵害公共利益。該法案的草案，在第一章第一條就明確說明，立法的目的是：「防制媒體壟斷，並促進文化多元性與新聞專業自主」（NCC，2019/9/11，頁5）。[4]

簡要回顧反媒體壟斷相關法律的訂定過程，正突顯媒體集團化趨勢日益顯著。在這段時間，財團併購大媒體不獨有旺中集團，根據天下雜誌報導，臺灣前15大財團富豪就有5位（高達1/3）擁有媒體跟系統台。該文指出，當財團掌握媒體並形成媒體集團的趨勢下，因而國內越來越需要獨立媒體的存在。[5] 換言之，當新聞媒體呼籲「需要獨立媒體的存在」，正反映媒體的自由與獨立性遭受到財團併購媒體的威脅。而財團併購媒體、媒體集團化，恐將形成資訊壟斷，使得臺灣新聞環境面臨媒體多元性下降以及新聞自由遭受干預的疑慮。事實上，反媒體壟斷運動風潮的背景下，就曾發生有許多「前中時員工」爆料，併購後的經營模式造就了太多商業化和高層介入新聞內容製作，侵害新聞專業自主等情事。當時受到社會矚目的案例是，前中時員工黃哲斌在網路公開辭職信，道出「於是，記者變成廣告業務員，公關公

---

[4] NCC（2019/9/11）。「媒體多元維護與壟斷防制法」108年9月11日報行政院版草案。國家通訊傳播委員會，網路取自https://www.ncc.gov.tw/chinese/news_detail.aspx?site_content_sn=3926&sn_f=41499

[5] 天下雜誌（2012/11/28）。媒體財團化，台灣15大富豪，超過1/3握有媒體。天下雜誌，網路連結https://www.cw.com.tw/article/5045087。

司與廣告主變成新聞撰稿人，政府與大企業的手，直接伸進編輯台指定內容，這是一場狂歡敗德的假面舞會」，應證了業配新聞與媒體主管干預，對於新聞專業自由所形成的系統性傷害。[6]而旺中集團對於旗下新聞媒體的干預，不僅出現對平面媒體，也出現在廣電新聞媒體。2020年中天電視進行換照，在NCC所舉辦的公聽會上，時任中天新聞台總監的梁又俠等人向NCC坦承，旺中集團大股東蔡衍明確實如外界指控，出現透過微信群組向旺中媒體主管「溝通」新聞處理的行為。[7]曾國峰（2019）的研究，檢視了臺灣因為發生一連串媒體產業併購所形成的壟斷趨勢，該研究認為確實有必要推出一個適當的法律，來規管和防止媒體壟斷，以此維護新聞專業、編輯室勞動權（曾國峰，2019）。可惜在專法未立情況下，媒體集團化情況持續存在。2023年三立電視間接持有中嘉股份有限公司一案被披露，也因此受到台灣媒體觀察教育基金會發起聲明，要求NCC善盡監理並重啟《媒體多元維護及壟斷防制法》推動。[8]

　　媒體集團化展現的不僅是經濟力量影響市場經營規模。由於媒體集團化的經營，能夠擴張意見市場的影響力和控制，也促使

---

[6] 黃哲斌（2010/12/13）。乘著噴射機，我離開《中國時報》。【圖解】第一次買新聞就上手，網路取自 https://puppydad.blogspot.com/2010/12/blog-post_13.html

[7] 林上祚（2020/11/04）。蔡衍明承認黃國昌爆料「是真的」　中天承諾增外部董事淡化蔡家影響。風傳媒，網路取自 https://www.storm.mg/article/3174597?mode=whole

[8] 台灣媒體觀察教育基金會（2023/11/14）。媒觀就「三立入股中嘉」一案聲明：NCC應積極落實附款監理之責，重啟「媒多法」立法討論，讓促進媒體多元不再只是個案處理。媒觀，網路取自 https://www.mediawatch.org.tw/news/10444。

政治力的介入。2024年7月兩位卸任的NCC委員，在即將回歸新聞傳播學界的前一天，聯名發表公開信／卸任建言。建言中直指臺灣嚴然已經出現「臺灣政媒共生集團」現象，內容提及新聞頻道過度競爭，使得「新聞台仰賴業配、置入及政府標案，甚至逐步形成臺灣政媒共生集團，透過政治與媒體影響力，除了藉土地開發牟利，也介入政治甚至政府領域」，如此的經營情況，反映在新聞產製面是新聞報導不公和各台政治立場化報導，進而也讓新聞台逐漸失去公信力和社會影響力。[9]

從媒體集團化到政媒共生集團的發展過程，說明了處在高度競爭微利的臺灣新聞產業環境，整體結構更加營造出一種求生逐微利的新聞產製文化。在這樣的新聞產製文化之中，本來應該以專業自主、追求公共價值為本的新聞媒體，轉而強調牟利和維護政治立場，以此形成呼應特定利益團體，特別是呼應政治觀點，而建立出一種政媒共生的偏狹新聞價值觀。反映在新聞從業人員的新聞文化實踐，很難不直接或間接地受到贊助者的立場和觀點影響。而新聞產出的目的，也不乏出現政治偏狹或商業贊助導向的立場新聞。

五、結論：結構與行動——共同形塑新聞專業文化

從1962年台視新聞開播起算，電視新聞在臺灣的發展已經超過六十年。電視新聞文化的開展，不僅反映了複雜的政治、商業等結構力量交雜，同時也由新聞工作者的集體實作、勞動意識所形構。

---

[9] 蘇思云（2024/7/31）。2名NCC卸任委員提4大建言　籲盡快人事同意權審查。中央通訊社，網路取自 https://www.cna.com.tw/news/afe/202407310042.aspx

回顧臺灣電視文化的建構過程，本章研究發現，來自西方民主自由新聞專業內涵，包括客觀、社會責任的新聞專業論述，以及新聞倫理實作，初期以具規範性的型態被輸入到臺灣社會，但這樣的專業意識形態卻出現了顯著的在地化過程。本章歸納主導力量、職業立場、與權力者的關係、看待閱聽眾的方式和新聞所具備的價值等，在不同歷史時代電視新聞文化也蘊含不同的內涵（請參見下表）：

表三：電視新聞產製文化的變遷

	壟斷到三台寡占期 (1962~1992年)	自由競爭期 (1993~1999)	惡性競爭期 (2000~2024)
電視新聞專業的文化類型	威權體制下的電視新聞專業文化	市場化的電視新聞專業文化	競逐收視率的電視新聞專業文化
主導力量	・黨國 ・市場	・商業 ・各政黨	・商業 ・各政黨
職業立場	資訊傳播	資訊傳播者／倡議者	資訊傳播者／倡議者
與權力者的關係	忠心促進者	看門狗	看門狗／忠心促進者
看待閱聽眾的方式	顧客 提供資訊、知識	顧客／觀眾 提供資訊、知識、娛樂化訊息	觀眾／消費者 提供娛樂化訊息 提供呼應贊助者／政治取向的立場新聞
新聞的價值是	打造黨國意識形態工具／牟利工具	實踐民主多元的管道、牟利工具	競逐收視率、贊助的牟利工具 建立政治影響力的宣傳工具

資料來源：本書整理

從歷史的變化過程可以發現，作為普遍規範的客觀主義、社會責任等專業文化，不必然成為臺灣的新聞工作者在實務上所奉行的新聞專業。因為，新聞從業人員如何認定好新聞、如何定義好新聞，在不同歷史階段都有不同內涵（劉昌德，2007）。換言之，電視新聞專業是一個在不同歷史階段被持續再建構的構成物（Reese, 2001）。

　　回到本書關心的重大災難新聞產製實作，從本書所欲探討的九二一、八八風災和三一一複合式大地震的重大災難新聞工作經驗範圍來看，這些新聞工作者所面對的新聞結構，大抵是處在商業力量逐漸成為主導力量的階段。解嚴後所帶來的政治力鬆動、有線電視開放、多頻道的出現，使市場競爭的邏輯凌駕政治邏輯。在這個過程，加深了電視新聞產製文化更趨近於市場經營的內涵。在商業力量形成初期，衛星電視頻道為了與寡占市場良久的老三台進行市場競爭，開始採取訴求更自由開放和多元的新聞產製模式，看似讓電視新聞產製文化一度走向客觀新聞學和扮演第四權的公共服務理想。然而，當商業力量越來越大，新聞商品化以及新聞工作者的勞動者化現象就越來越明顯。尤其是當收視率調查和保證CPRP的制度確立，使得收視率被直接轉換成具體廣告收費數字，便讓各加新聞台開始陷入競爭收視率的新聞產製邏輯之中。

　　特別是廣告市場從停滯走向萎縮，臺灣電視新聞產製進入競逐收視率的社會文化脈絡。這也宣告了在扭曲的廣告市場機制之中求生存的電視新聞媒體，更服膺於收視率為準的商業結構力量。與此同時，來自於商業與政治的贊助、置入，也逐漸成為新聞業極力爭取的收益來源。

在此結構之中，不僅是廣告主可以用收視率要求置入性行銷，將商業的黑手伸進新聞室。政黨同樣也能以廣告主之姿、新聞置入的方式，將政治的黑手伸入新聞室、影響新聞產製內容（李瞻，1981；蘇蘅，2002；林麗雲，2006；林照真，2009；王泰利，2011；劉昌德，2007a、2012）。為了收視率、商業贊助，電視新聞也越趨娛樂化，甚至不惜打破傳統的新聞倫理規範，讓新聞成為競逐收視率的商品或牟利工具的傾向越形明顯。在政媒集團化的結構下，為了獲取來自特定政治團體的贊助，同時固守依循政黨傾向收視的閱聽眾，財團限縮了新聞報導的多元性，使得新聞產製日益走向政黨偏狹的立場新聞，讓新聞媒體成為政媒合謀下，建立政治影響力的宣傳工具。

因此，相較於1999年的九二一大地震，2009年八八風災發生時，電視新聞產製已經進入到一個高度惡性競爭的社會結構之中。過多商業電視新聞同時競逐收視率，導致電視新聞服務對象不再是一般的閱聽眾，而是觀眾（spectators）。這讓新聞產製更加追求醜聞、腥羶色、情緒化和病態的好奇（morbid curiosity）等議題。因此，觀看新聞也逐漸變成一種資訊娛樂（infotainment）的閱聽行為。觀眾不容易透過電視新聞來獲得公正客觀的資訊服務，或者較難看到涉及公共議題和有利於公民參與政治的事實。因為新聞產製目標是追求商業價值，而不是回應社會對於新聞專業所期待的社會責任、客觀、公共新聞的理想（Mellado & Lagos, 2014）。當收視率逐漸凌駕新聞專業主義，也導致公信力下滑。誠如陳依玫（2008）的觀察，她發現這階段的新聞圈已經到了，在新聞室談客觀、平衡有時還會被笑的局面。

當新聞工作者的工作心態是加入競逐收視率的新聞產製行列，不僅導致電視新聞走向去專業化的歷程，新聞工作者也面臨自我的社會地位和薪資同時下滑的窘境（羅文輝，2004；Witschge & Nygren, 2009）。因此，電視新聞去專業化正也宣告了，電視新聞媒體、全職新聞工作者對新聞專業管轄權遭到公民新聞、公共新聞、社群媒體的挑戰。

　　值得注意的是，面對商業結構力量所形成的新聞產製常規，仍有新聞工作者展現不同程度的自主性，以此反映其對於新聞理想專業價值的認同。例如2008年從電視新聞圈毅然跳出的李惠仁，以獨立記者的身分，自費拍攝禽流感議題，於2011年榮獲卓越新聞獎新創設的首座「調查報導獎」（張春炎，2012年3月30日）。因為在獨立調查報導的路上，李惠仁持續累積優質的新聞報導作品，因此在2018年更獲得卓越新聞獎頒發「特殊貢獻獎」（魏紜鈴，2018年11月28日）。臺灣新聞圈之中不僅只有一個李惠仁，還有離開主流媒體，創立臺灣第一份公共募資的數位媒體──《報導者》的何榮幸。在臺灣新聞圈之中，不僅只有前述這些展現高度自主性以訴求新聞專業的記者，能夠對抗惡性商業競爭的新聞文化結構。從文化實作的角度來看，在不同新聞位置上的新聞工作者也可能以不同的形式展現自主性，而不完全服膺結構。電視新聞工作者是能夠善用既有的多樣新聞產製文化元素，來搭建貼近勞動情境和時空背景的新聞專業實作，藉此來展現他們具有洞穿結構限制、追求理想新聞價值的反思能力（Zelizer, 2004; Zandberg & Neiger, 2005）。

　　總結以上，透過上述分析，有利於本書了解重大災難新聞產製工作是鑲嵌在什麼樣的社會文化脈絡之中。

第三章
打破常規：重大災難新聞產製的不確定性

一、導言

　　1999年九二一大地震爆發，諸多傳播研究者從這項重大災難的新聞研究發現，平時高度仰賴新聞常規的新聞組織在面臨重大災難時，出現不少普遍性的問題（孫曼蘋，2000；彭芸，2000；臧國仁、鍾蔚文，2000；孫式文，2002）。進一步蘇蘅（2000）研究發現，新聞問題的出現正是因為伴隨重大災難所產生的不確定性，挑戰了仰賴按部就班、穩定秩序的新聞產製常規。

　　九二一大地震後十年，2009年臺灣發生了另一個重大自然災難——八八風災。當時的莫拉克颱風，不僅帶來3,059.5公釐的驚人雨量，更造成中南部為主、超過10個縣市轄區的嚴重災損。許多縣市多處面臨罕見的水患和複合式災情，包括多處防洪設施破堤、溢堤等事件並導致南部145鄉鎮淹水。根據官方統計，全臺停水戶769,159戶、停電戶1,595,419戶、電信中斷共22,221戶、1,626戶房屋毀損，死亡人數達677人、大體未確認身分25件、22人失蹤、4人重傷，農業損失約194.1億元（國家災害防救科技中心，2010年3月）。這場災情的嚴重程度和範圍廣大，已經超越地方政府的救災能力，不僅地方包括中央在災害初期也對於災情資訊缺乏即時的掌握，隨著災情一一浮現，因應各個地方政府的

求援,中央災害應變中心、行政院也陸續調動國軍、警政、消防等救災資源到災區。這樣的災情嚴重程度、範圍以及所需救災動員的規模和災後復原所需時間,都達到了重大災難的程度。

檢視我國當時的救災體系運作,政府在災難防護和救災的表現都出現嚴重瑕疵,首要原因就是「災難傳播」出現問題。楊永年(2009)根據國內外重大災難的救災體系分析八八風災,研究發現,具體、正確和即時的災情資訊是構成救災成效的首要因素。然而八八風災當時,我國救災體系初期便出現災情資訊未有效掌握,以及災難資訊傳遞速度太慢等問題。因此,災難傳播問題是釀成重大災難形成的重要人為因素。

就國家救災體系的概念架構,災難資訊是影響救災動員和相關組織的重要因素。當國家的災難資訊系統失效後,大眾新聞的災難傳播則轉而成為最重要的災難資訊傳播管道。以美國的經驗為例,2005年卡翠娜風災襲美,時任聯邦緊急事務管理署(FEMA)署長的Michael Brown便公開指出,救災要看新聞,因為媒體組織善於蒐集和傳遞事實為基礎的資訊,災難傳播能力勝過政府(Miller & Goidel, 2009)。同樣的情況也出現在八八風災爆發初期,電視新聞台彌補救災單位的失靈、成為災情通報站,當時的行政院長劉兆玄更直接指示官員「看電視救災」(張錦華,2009年9月8日),突顯當時的電視新聞被認為是最重要的救災資訊和災難傳播管道。

值得反省的是,從國內八八風災電視新聞相關研究分析可以發現,電視災難新聞內容並未能夠符合救災體系對於災情資訊的期待。根據學者分析國內TVBS-N、三立、民視、中天於2009年8月8日後到8月31日這段時間於黃金時段播出的電視新聞內容,

研究發現4,750則新聞中,有關八八風災的新聞共3,604則,占整體新聞比例高達75.9%。這些新聞又以監督災難管理、故事性的災難報導和災民報導這三類新聞為主,共占所有災難新聞比例53.2%。進一步分析監督災難管理相關的新聞內容,林照真發現新聞內容不僅多半採取負面報導,也出現不同政治立場差異的新聞頻道,選擇性採取特定的報導立場和方式。有關災民的報導,則多聚焦於悲情、訴苦、眼淚、招魂等議題,在後期則大量採用故事性的報導,這也降低了媒體傳遞災難資訊的功能。另一個大問題則是,救難人員認為八八風災時,電視新聞媒體的搶快報導、錯誤率高,確實增加了他們的救災困難。最後這份研究發現,電視新聞在八八風災的新聞表現多未能符合社會利益,無論是監督政府、協助救災、反映災民需求等議題上都偏離了專業性(林照真,2013)。

反映在新聞產製的研究脈絡,本章認為臺灣重大災難新聞問題的出現,除了受到鉅觀的社會結構影響之外,亦須從實作面進行分析,方能有效釐清種種的問題:究竟在新聞產製過程中,重大自然災難的電視新聞工作是如何被完成的?本章將從新聞工作者的實務經驗,分析重大災難新聞產製過程中的種種不確定性,又這樣的不確定性在新聞產製過程中造成什麼影響?

二、採訪的不確定

新聞採訪是每日新聞產製的開端,在日常的新聞產製流程之中,各家電視台為了能夠即時、穩定的生產新聞,新聞產製常規下工作的新聞記者,通常會有專責的新聞議題、路線,因此採

訪工作往往是到熟悉的地點、採訪熟悉對象、採訪熟悉的議題，藉此掌握新聞採訪內容品質且能即時完成新聞。這樣的新聞採訪過程，構成了新聞產製常規所訴求的確定性（Tuchman, 1978; Birkhead, 1986）。

然而在重大災難的採訪工作中，新聞採訪的情境卻有高度的不確定性，因此難以保證新聞產製常規的運作和新聞產製表現。分析臺灣電視台的八八風災新聞產製經驗，不確定性首先表現在採訪資訊的不確定性。

（一）災難採訪線索未有效掌握

莫拉克颱風襲臺前，各家電視新聞台依照過去經驗，安排記者到各縣市可能出現災情的地方，配合SNG車全省布點、進行各地災情報導。然而莫拉克颱風從8月7日晚上11點50分左右自花蓮登陸，直到氣象局宣布8月8日下午兩點由桃園出海，這段時間臺灣並沒有爆發嚴重災情（周仲島等，2010）。因此各新聞台到了當天晚上開始準備撤除人員和派駐在各點的SNG車。受訪者E擔任某台SNG中心主任，他提到8月8號晚上當氣象局宣布莫拉克颱風離臺，各地採訪記者跟SNG車就開始準備撤離。然而就在撤離後的凌晨，高雄駐地的特派記者才回報傳出災情：

> 就大雨啊。啊大雨然後沖刷啊……甲仙的橋沒有斷，（河水）快要爆滿了！就是已經快要到橋面了，啊他們都有去，然後大家往那邊衝，可是大家沒有意識到說，這個後面會是那麼大的災情（受訪者E，2013/11/12）

雖然歷經多次颱風新聞產製，然而受訪者E也坦承，沒有料想過會是這麼嚴重的水災。當未料想的災情陸續出現，各地方災情資訊便開始從四方湧向新聞台的夜班主管。

（二）災情訊息爆量

重大新聞採訪的分派、調度往往由新聞台主管決定，而新聞主管則仰賴其接獲的災情新聞線索來決定採訪工作的分派。然而受訪者H於2009年8月8日擔任夜班主管，提到當天深夜各地淹水的消息陸續回報，但資訊爆增，讓他幾乎應接不暇：

> 那天晚上我記得我的手機到最後電源是沒有辦法拔掉的，就是已經根本都沒有電，……我覺得以前也不會這麼誇張到就是說你電話掛掉大概在兩、三分鐘就會響，兩、三分鐘就會響，那邊說要怎麼樣、回報市裡要淹了要怎麼辦啊，就是那種狀況多到從來沒有遇過（受訪者H，2013/11/14）。

雖然在面對一般風災新聞上，各新聞台主管通常已經有許多的新聞處理經驗，足以指揮和提供新聞工作人員必要支援。而當時各新聞台也以一般等級的風災作為報導準備，然後八八風災在很短時間內，就轉變成為重大災難新聞的等級，由此衍生的不確定性，開始從新聞室出現，且是在災情未明之前就出現。當時災情訊息大量湧入新聞室、超乎料想。在一般新聞運作上，各地也會有特派或夜班主管，屬於自己經營的消息來源。有受訪的新聞主管提到，當時所有資訊全都在同一段時間回傳給他。同一時

間,新聞台內也編制了災情通報專線,另有專人負責彙整資訊。但受訪者H記得當時過多的災情資訊和災情問題已經使得新聞台無力處理,「災情已經吃不下了」。爆量的災情資訊量超乎新聞台人力所能處理的情況下,正使得新聞線索的查證,增加許多不確定性。

另一個新聞台設有南部新聞中心,擔任該中心主任的受訪者B-1記得當時陸續收到災情,對這些回報的新聞線索他嘗試向消防局求證,卻因為當時警消單位的電話全部癱瘓,以至於無法做進一步查證,只能在未明的情況前往災區採訪新聞,「當時候我們臺北長官是緊張型的,那時候他才剛來X台沒有多久,所以基本上被他押對了⋯⋯他當時全部的人力往南部派,所以各台第一個搶進去的就是X台(受訪者B-1,2014/04/23)。」

(三)搶進災區、隨機訪問

災情資訊的不確定性,不僅止於災情爆發當晚。大約8月9日到10之間,各台新聞台發現災情主要位在中南部,便紛紛成立災區前進指揮所。新聞指揮調度開始轉變成,南部採訪中心為主、臺北的新聞台為輔。南部特派或南部中心主任負責災區的新聞人員調度、災難新聞內容查核任、新聞傳送等工作。受訪者Z當時是某台的採訪中心地方組主管,八八風災爆發後被派往南部災區擔任負責主管,她雖然自己是高雄人,然而許多災區地點和情況都是難以確認。對於新聞線索只能有大概的掌握,例如要求記者到某一個區域「去跑看看」(受訪者Z,2014/03/14)。

一般而言,新聞採訪分派往往需要通過事先線索查證的程序。然而傳統的查證管道如官方機構在當時已呈現癱瘓,一時間又有許

多地方災情快速匯集到位於臺北的新聞台採訪中心或者南部地方中心。換言之，不論中央或地方的新聞主管面對鉅量災情資料湧入，通常難以明確查核和求證，因此大大增加了新聞線索的不確定性，這時候則更加仰賴的是新聞記者前往災區進行現場採訪。

在未能有更明確新聞線索的情況進行新聞採訪，隨之而來的是新聞記者必須在狀況不明的情況找線索，因而造成新聞採訪過程的不確定性大增。受訪者B在八八風災當時擔任前進災區的文字記者，屢屢負責搶進狀況未明的重災區。從他的採訪經驗可以發現，新聞採訪在地點、災情不確定的狀況下，所遭遇的困難：

> 你真的只有跑跟問，而且你問警察來不及，因為大家都在忙。你就看到誰問誰，……因為沒辦法，……大家也沒時間接你電話，誰要給你什麼獨家？完全就跑來的（受訪者B，2013/11/05）。

搶進災區、隨機訪問的採訪形式，是災難新聞常見的採訪方式（Himmelstein & Faithorn, 2002; Cottle, 2013）。有記者則曾經歷新聞主管從報紙看到某些花絮，於是要求跟報採訪。「很不爽啊，因為你要怎麼找，你光一個電話你要怎麼找？」，新聞線索不明，加上災區許多電話通訊都中斷了，讓新聞採訪增添許多「碰運氣」的成分（受訪者M，2013/11/12）。

（四）採訪對象不熟悉與不知如何採訪

在本書的深度訪談中，幾位採訪災區的記者普遍經歷了採訪不熟悉的消息來源的經驗，包括災民、救難人員和地方區里長

等。而當記者採訪這類不熟悉的受訪對象,通常是到了災區、在報導時間壓力下進行的隨機採訪。這樣的採訪工作常會因為平時缺乏與這類訪對象建立良好的互動關係及採訪經驗,因此不確定受訪者的可信度,也無法事先掌控鏡頭前的受訪者會有什麼表現(受訪者G,2013/11/14;受訪者U,2013/12/24)。

面對不熟悉的受訪對象,造成採訪的不確定性,不僅展現在未能掌握消息來源可信度和表現,另一面則經常是表現出記者不知怎麼進行災民訪問。過去研究和實務上都發現,災難新聞採訪時,記者以機械式的問話作採訪,因而被社會批判是喪失同理心(如訪問災民「你現在心情怎麼樣」)。解讀這類表現出現的原因,有資深的新聞工作者認為是新聞專業缺乏所致,另外更多受訪者則是認為,這跟災難新聞採訪必須克服許多壓力有關(受訪者H,2013/11/14;受訪者I,2013/11/17;受訪者J,2013/11/19;受訪者K,2013/11/22)。

過去的災難新聞研究曾指出,新聞記者運用災區採訪來實現見證的實作(practices of witnessing),也就是藉由親臨災難現場,代替公眾掌握現場實況(Himmelstein & Faithorn, 2002; Cottle, 2013),盡可能趕快將災區消息帶出來的公共服務使命,或者因搶獨家的競爭壓力,都使得新聞工作者必須面對組織的壓力和社會壓力(Duhe', 2008; Witschge & Nygren, 2009)。在八八風災的情境下,許多到災區採訪的記者都回憶到,當時經常被要求在特定時間點趕赴災區現場,進行SNG連線。當記者長期處在搶進災區的歷程之中,不論身體或心力都經常處在緊繃或疲累的狀態,以至於在採訪時難免出現狀況不佳的情況。這樣的情況也正說明了,在採訪地點的不確定性,新聞工作者進入災區過程容

易增加採訪的不確定性,以至於影響新聞的品質。

三、現場連線、採訪衝突與工作壓力

重大災難新聞往往被新聞媒體視為是重要的新聞事件,其最大特色是會運用大量新聞工作者,迅速投入災區進行採訪,並且用最快速的方式呈現災區實況。過去相關研究便注意到,災難採訪工作讓記者從原本的採訪角色轉變成為災難現場的見證者和英雄角色,對於救災不力的政府官員予以抨擊,同時會伴隨著更具情緒而非客觀的報導方式。因而現場的災情報導也會逐漸朝向戲劇化的報導方式,或為災民仗義執言(Himmelstein & Faithorn, 2002; Fry, 2006; Usher, 2009; Cottle, 2013)。而這些報導效果正仰賴記者親臨現場,並透過電視新聞來製造出的臨場感、即時性。

因此,在八八風災新聞產製過程中,新聞台經常採用SNG連線的方式,直播受難者受訪和尋求救援等新聞內容。然而這種SNG新聞產製方式,讓新聞產製過程出現諸多不確定性。

(一) 忍受災區惡劣的勞動條件和採訪壓力

過去研究指出,記者的工作是經常在追趕災難、意外事件發生地點,在這個過程,在這樣「趕新聞遊戲」中,有諸多勞動條件不佳的狀況,阻礙了有品質的新聞產出(潘俊宏,2010)。本書發現追趕新聞遊戲的狀況,在重大災難情境中更是加劇,因為災區現場有大量報導事務必須處理,另一方面SNG車有限的情況下,便會造成記者必須不斷趕往災區現場來做新聞連線,而攝影記者也必須隨時趕送拍攝帶,或緊急透過各種方式將現場災況畫

面傳回媒體公司。這個過程不僅造成了採訪記者的身心負荷,同時在搶快、挺進災區的過程也會使記者面臨種種危險。

諸如受訪者F擔任SNG車導播,原本其工作範圍是北部,但八八風災時也被派往高雄支援採訪工作。他便提到,在那段期間,他們晚上投宿高雄旅館,每天清晨就是出發趕往大高雄、屏東區域的各災區地點。當趕到現場後又必須立刻進行一連串的新聞作業,導播同時負責先行了解災區現場狀況,以便後續搭乘採訪車的文字和攝影記者到場時,可以先行掌握該區域的新聞重點,進一步進行採訪報導。緊接他必須再回到SNG車,透過SNG車直播(Live)或即時傳送新聞訊息回到臺北,以進行與棚內的直播連線,或者延遲連線等。因此,當新聞工作同時要在時間壓力下完成諸多事情時,在災區的新聞工作者普遍的經驗是在急忙亂中克服種種困難,而每一次的新聞送播都是充滿心理壓力和焦慮。而這些在災區長期抗戰的新聞工作者,不論是文字、攝影記者或者SNG車的人員都必須「彈性協作」來完成新聞,也就是每個人被迫要拋棄習慣的現場分工,並且在惡劣的勞動條件下完成新聞工作。

> 我們在現場等的時候,欸突然有什麼,發現一個新聞的Source(消息來源)來了,啊文字記者當下就去跟他溝通,有立即性的。那我不可能說那等攝影回來,那個時候就是一個人當兩個人用啊,女人當男人用,男人當畜牲用啊(受訪者F,2013/11/12)。

因為八八風災現場報導常會處在長期出差災區進行採訪工

作,每天花費更多時間趕赴災區進行連線報導,記者往往在疲累和追趕災難現場新聞等層層阻礙的情況下,受到災區情緒感染,導致新聞出現種種問題(受訪者B,2013/11/05;受訪者H,2013/11/14;受訪者I,2013/11/17;受訪者C-1,2014/06/30)。

災難新聞勞動條件不佳的狀況不僅於此,在接受本書訪談的諸多受訪者經驗中也可以發現,當新聞台大量的災區新聞需求時,前線新聞工作者每天都要工作長達12小時以上,不少人是在前往現場時臨時銜命要長期抗戰,衣物、裝備都帶不夠,也未預料自己出差災區時間會那麼久(受訪者J,2013/11/19;受訪者U,2014/12/14)。

(二)創造臨場感的代價

在八八風災新聞產製中,文字記者經常透過在攝影鏡頭前表現其現身災區現場,記者自己直接介紹災情,甚至讓身體浸入淹水區域,或者搭載臨時搭建的流籠渡河、站在仍有土石流風險的斷路邊坡等,目的就是滿足新聞台的災難報導策略:創造即時災區臨場感的。

> 就是變成說錄超少的東西,因為現場拍才有嘛,我們做那種東西才有臨場感,然後看到林邊災民,或二樓三樓的在那邊揮白布條之類的,……我拍一拍,畫面回來,那記者一個Stand(現身在鏡頭前報導),……記者在那邊報的話,比較有臨場感(受訪者F,2013/11/12)。

受訪者H認為,記者採用讓自己深入險境的方式,確實會讓

新聞更好看,但這必須建立在相當程度的真實性上,而不是刻意的演出。他自己在八八風災經驗便是出現非刻意的採訪意外,畫面剛好被SNG車的攝影記者捕捉到,以至於能夠真實呈現出救難隊和記者群挺進災區的困難:

> 到小林前面的關山,⋯也是走沒多久我就跟SNG攝影講說你開機先幫我錄,⋯⋯我就開始回頭開始講,我說我們現在跟救難隊要挺進小林村,⋯⋯之後我整個都陷下去。我陷到膝蓋,那個土很軟,然後我就整個麥克風都插進去,然後那個畫面是從後面這樣拍,他就拍有人在拉我(受訪者H,2013/11/14)。

受訪者H的看法仍然反映出,記者努力追求自我表現,不僅是努力跑新聞。從記者的經驗敘述可以發現,記者認為透過在鏡頭前「表現自己跑新聞的努力」是一個適切且體現專業的好表現。這樣的表現,出發點不見得是刻意要贏得新聞部長官的肯定,或者藉此贏得酬賞。對於新聞工作者而言,這樣的表現將可以讓自己以盡職的姿態,顯現在鏡頭前。誠如過去相關研究所提,新聞工作者應而能夠盡職地成為一位災難的見證者(Himmelstein & Faithorn, 2002; Cottle, 2013),這樣的職業意識形態也成為災難新聞記者彼此間視為理所當然的重要價值。因此,在其他的例子裡則可以發現,災難新聞記者為了刻意採取「表現自己冒險採訪」的手法,因而導致自己受傷的現象。

受訪者I是一個屢屢深入災區的攝影記者,新聞工作資歷15年,他便親眼看到友台的同業為了拍攝山壁落石的畫面,追求拍

攝的臨場感、未取得安全距離的情況下，文字和攝影記者雙雙慘遭落石砸中而受傷，結果新聞拍攝不成反遭緊急送醫（受訪者I，2013/11/17）。

（三）SNG新聞產製問題與編採衝突

SNG連線是災難新聞產製的主要模式，八八風災期間當新聞台高度使用SNG新聞連線，記者透過Live或者D-Live[1]進行災區現場連線報導。現場連線時，鏡頭前經常出現文字記者出現失控、誇大或者太刻意表現自己的問題。但因為是即時的實況連線，未能事先檢查和確認連線內容，以至於品質不佳的內容未能透過新聞主管、編輯的守門排除、修正，就讓品質不佳的災難新聞內容直播出去（受訪者G，2013/11/14）。

此外，在SNG車有限的情況下如何調度SNG車，成為決定各地方災難事件是否成為新聞的關鍵。八八風災時若干區域災情報導延誤或者災情報導無法涵蓋的問題，受訪者E擔任某電視台的SNG中心主管，他坦言：

> 那個時候，其實（SNG車）一直在移，你知道嘛，它有時候這裡淹，有時候那裡淹，然後大家就移來移去，啊有時候這個地方要做什麼、做什麼，有新聞的東西要發動，文字記者會發動，然後他就會order我們去那裡去哪裡。就很多的⋯⋯其他的點比較沒事就被遺棄了（受訪者E，2013/11/12）。

---

[1] 是新聞實務慣用語，Delay Live的簡稱，意指新聞台針對當天的現場新聞內容，進行延遲播出（延播）。

因為SNG連線成為主要的新聞產製方式，這也造成編輯室與前線記者之間發生出現直接的衝突。受訪者J當時是某商業無線新聞台的攝影記者，他曾遇到編輯室要求他跟文字記者到災區進行SNG連線，但連線時間點的設定與採訪中心長官當初的採訪分派安排不同，以至於出現連線來不及和溝通衝突的狀況。「長官可能才order我們沒多久，我們根本都還沒進去，但是你要我們在一個小時內就完成（受訪者J，2013/11/19）。」

最後，新聞編輯和採訪記者之間，向來存在著不同立場和職責的矛盾。特別是在新聞台競爭與收視率壓力下，逐漸出現編輯要求新聞「好看」的問題。好看的新聞邏輯，導引每天的新聞產製過程，時而冒犯「眼見為憑」、「記者採訪事實」的鐵律（受訪者Y，2014/02/17）。

在商業考量下，編輯室想透過「構想」讓新聞更好看的情況，而以編領採的做法，嚴重挑戰了既有的客觀新聞產製理念。然而在每日數次的編採會議上，卻又會經常上演編、採檢討收視率來進行後續新聞報導方向的規劃，以及以此挑選新聞報導題材的場面。這樣的情況也同樣出現在重大災難新聞產製過程中。有受訪者就指出，在編採會議上就常出現編採之間的矛盾，「採訪跟編輯，通常都很對立（受訪者N，2013/11/27）。」

四、重大災難新聞產製分工的不確定性

從新聞產製常規的研究觀點，電視台的新聞產製高度仰賴明確的例行分工，新聞工作者則是順應著規則行事。此規則內含著一連串固定的工作程序、職業傳統、角色設定、行事策略、組

織形式以及技術，使得新聞在新聞工作者按部就班、各司其職下被完成。研究者認為，在常規運作下能夠減少各環節的新聞工作衝突，以發揮管理效果，實現新聞產製效能和品質（張文強，2002；Tuchman, 1978；Shoemaker & Reese, 1996；Ryfe, 2006；Becker & Tudor Vlad, 2009）。然而從本次研究資料可以發現，因為重大災難而出現了新聞產製分工無法按部就班的問題。

（一）災難新聞產製分工的變動

莫拉克颱風在2009年8月7日登台後，中南部降下超過1,000公厘的豪大雨，當天屏東縣災害應變中心已向中央發出求援，此後災情越來越嚴重，各地限制陸續傳出災情。災難新聞線索2009年8月8日凌晨陸續傳遞到電視台，值夜班的主管立即面臨巨量的災情資訊而難以處理。8月8日白天各家電視台提早召開編採會議，進行緊急應變處理，而既有的新聞產製過程的所有分工也開始發生變動，導致了強調專業分工的新聞產製流程增添許多不確定性。

首先是各新聞台開始成立南部指揮中心，並且將所有新聞記者、SNG車調派到南部中心，由臺北派下去的新聞部主管和當地特派進行統一調度分派，受訪者A為某電視台新聞部副理，在新聞台得知災情後，第一時間就奉派前往南部成立災區新聞中心，目的是統一整合採訪資源和進行採訪人力的調派，「怎麼不讓行動重複，讓資源做極大化的應用，SNG車的極大化應用，路線的調度，以及臨時狀況的應變，等於說有點像前進基地一樣的角色去協調（受訪者A，2013/11/01）。」

其次是原本的南部新聞特派人員則轉為另一個針對災區採訪的統籌分派工作的主管，其工作項目必須同時提供災區新聞線索

整合、採訪要點指示,同時與臺北不斷溝通協調,工作量、負責項目都遠超過其平時所需負擔的量:

> 我那時候我根本沒有辦法記得我一天接幾通電話,外場的報進來、臺北的要找我,就是一直不斷的訊息進來,要指揮留在內勤的人幫忙處理訊息、作業。那他們(前進災區的記者)有疑慮要往哪邊走,我可能也給記者一個方向,比較資深的當然可以自己判斷,比較資淺的他可能就必須依據你的經驗給他判斷,當然對地理環境我要有一定的認識(受訪者B-1,2014/04/23)。

加上災難新聞產製開始大量採用SNG衛星連線模式,這使得新聞管理人員因而面臨大幅度的調動。許多新聞採訪分派,首先會轉由災區新聞中心統籌新聞採訪調度,各中心的新聞主管則會轉為擔任後勤補給工作或者赴前線進行採訪工作。而仍待在臺北採訪中心的主管,則會打破行政界線,包括身兼各中心的行動職務:

> 行政界線得要打破,比方說以前我是管政治的,這個時候呢因為大部分可能主管也下鄉了嘛,去支持採訪嘛,所以你就可能主管政治的你兼管生活、要兼管財經,你全部都得管,所以每個人的行政得要打破(受訪者T,2013/12/13)。

(二)打破採訪路線、沒有固定搭檔

依照新聞產製常規,為了讓新聞記者能夠快速、詳實掌握新聞採訪工作,因此新聞記者均會分配採訪路線、採訪區域並且

與固定的文字、攝影搭檔。然而在重大災難爆發時，上述原則難以維持。災區新聞採訪工作改由新聞記者每天早則清晨四到六點就必須從旅館出發，前往前晚由新聞主管所分派的災區去找新聞、拍畫面，並且在尋找採訪素材的過程中，要不斷與新聞主管聯繫報告進度、確認接下來的採訪行程安排等等。因此，相較於例行的新聞採訪，對災難新聞記者而言，其採訪工作多了許多「找新聞線索的不確定性」，其次是文字和攝影記者搭配難免出現臨時編組的情況，以及打破採訪路線的情況（受訪者B-1，2014/04/23）。

不論是社會線、政治線、娛樂線都被調往災區進行災難採訪工作。新聞採訪工作範圍，也不再受限於新聞路線的區域劃分，記者必須立即前往非熟悉的災區進行採訪工作。消息來源不再是原本熟悉和信任的對象，而必須重新建立消息來源管道和名單，種種不確定性都不利於新聞產製工作。

此外電視新聞是強調影像的新聞類型，往往需要文字記者和攝影記者的默契搭配，然而因為要因應重大災情的長期抗戰，採訪工作，文字記者與攝影記者的搭檔組合也會因此打破，在打亂工作責任區域、採訪路線和搭檔搭配的情況下，也使得採訪工作不再有明確的分工和協作關係。因為採訪分工的不確定性增加，導致前線的新聞工作更加倚賴記者的隨機應變能力（受訪者F，2013/11/12）。

（三）無法守門的SNG連線

SNG連線的新聞生產模式，同時帶來新聞守門的考驗。過去研究指出，重大災難來襲，新聞媒體面對社會大量新聞需求，往

往會打破層層守門的科層制度設計，連帶也使新聞查證、品質把關的機制無法發揮作用，以至於發生種種錯誤（Sood, Stockdale & Rogers, 1987）。根據本書發現，八八風災的新聞產製經驗，為了快速報導災情，同時在畫面呈現臨場感，新聞台會大量採用SNG的D-Live和Live的方式進行連線報導，這也使新聞報導不再透過採訪、查證、長官審核新聞內容、過帶等慣有常規流程（SOT製作流程）。八八風災新聞的產製採用SNG連線，迫使新聞室不得不信任記者報導能力，相對也難以確切預知新聞內容是否能夠符合新聞理想、倫理或不出錯。「如果做採訪中心主任，就看我有沒有那個膽，我說好！那個人（記者）在現場，那我讓他進（現場連線畫面）（受訪者Y，2014/02/17）。」

所有採訪中心主管都坦言，災難新聞連線使新聞無法進行守門，但為了即時傳送新聞以及競爭新聞收視率，卻又是不得不採用這樣的方法。受訪者Y解釋，在搶快與錯誤之間，沒有一個新聞室的長官能夠承擔比別人慢，換言之，他認為搶快永遠比新聞除錯要來得重要。這也說明了，在新聞競爭戰中，即時報導的價值被認為是高於報導的正確性。

當災難新聞產製大量增加SNG連線、降低SOT新聞產製，也會造成副控室的工作人員的負擔。受訪者N是一名資深的新聞編輯，八八風災時她擔任某新聞台的資深編輯一職。她即指出，平常新聞編輯的工作就十分沉重、繁瑣，當八八風災時電視台大量採用SNG連線時，讓其工作更是備感吃力。

受訪者C八八風災時擔任主播一職，當時他主播八八風災新聞的經驗是，由於幾乎整個新聞時段都是播報八八風災，並且有大量時間是不斷與各災區進行SNG連線。他的新聞工作除了要透

過耳機了解每一則新聞將跟哪個地方連線外，必須在各則新聞之間進行20秒左右的稿頭播報和新聞串聯工作。此外，在與記者的連線過程中，主播必須與現場記者相互問答，透過問答來呈現災情報導的內容，事前往往無法預料連線記者會有什麼樣的表現。因此，主播是在無法預料新聞記者可能有什麼新聞報導情況下，就必須要透過臨機應變來掌控新聞報導的內容。而這樣的過程也使得播報增添了許多不確定性因素（受訪者C，2013/11/08）。

（四）SOT代工與新聞拼裝

除了SNG連線的新聞產製方式外，許多新聞採訪內容則是由文字記者、攝影記者前進災區進行拍攝、文字撰稿，將帶子送到SNG車，透過衛星訊號傳回臺北或者南部中心後製完成新聞帶，也就是業界俗稱的SOT帶。

因此相較於例行的新聞產製，一則重大災難新聞帶的產生，將歷經三種不確定性：第一個不確定性是無法事先確認新聞採訪內容，文字記者也無法確認攝影記者所拍攝的畫面，是否能貼近、配合他的文字報導內容；第二個不確定性是新聞採訪記者無法確定新聞畫面、文字稿能否即時送出災區，傳遞到臺北的編輯台；第三個不確定性，則表現在新聞帶的過音不是由負責採訪的文字記者自己過音，而是傳送到編輯室、其他能夠後製的地點，由其他在家記者、留守的文字記者進行過音，或者新聞畫面經過再剪輯。因此新聞帶內容缺少實際採訪記者的把關和再確認，造成新聞SOT帶製作內容的不確定性（受訪者N，2013/11/27；受訪者O，2013/11/27；受訪者U，2013/12/14）。

五、小結

綜上所述，八八風災時為了完成重大災難新聞產製的工作，各家新聞台的新聞產製流程與分工均發生諸多變化，這也打破了原來在例行新聞常規下所建立的穩定新聞產製分工。從各家電視台、擔任各種不同職務的新聞從業人員的災難新聞工作經驗可以發現，既有的新聞產製流程被打破，連帶也製造了新聞產製過程的出現種種的不確定性，彙整如下表：

表四：重大災難新聞產製與分工

流程		例行新聞產製的分工內容	不確定性
前製階段	提出線索	由災區採訪中心彙整資訊後提出；記者依據分派災區，到現場進行新聞線索回報。	新聞線索的不確定性。
	編採會議	無固定開會時間；災區新聞中心、採訪中心主任隨時根據災情進度進行溝通協調；臺北的採訪中心與編輯部門商討採訪重點、報導角度；規劃特別報導方針。	災區記者與採訪中心溝通訊號不確定；編採規劃的不確定性。
採訪階段	採訪	記者前進災區，依照現況與主管進行採訪內容的不斷確認；災區畫面和採訪文字稿送出；SNG連線，記者前往災區現場進行現場新聞連線、報導。	災區回報訊號的不確定性；災區記者與新聞中心聯繫的不確定性；災區新聞帶能否即時送出的不確定性；災區SNG連線記者與編輯台聯繫的不確定性。
後製階段	剪輯與後製	在家、留守記者完成畫面剪接、過音；主編規劃新聞帶特效；動畫師後製。	新聞內容的不確定性。
	編輯作業	編輯、導播負責SNG連線的協調；主編規劃新聞排序和規劃多條新聞的整併，以及新聞內容審核；編輯負責鏡面處理；編輯新聞下標、審閱新聞稿頭。	連線的不確定性；新聞內容的不確定性。

資料來源：本書研究整理。

過去研究認為，常規能有助於新聞工作者創造出符合專業品質的災難新聞內容（Tuchman, 1973）。不過，這套將災難風險「常規化」、成為標準流程的概念與做法，高度忽視了災難新聞工作情境中的新聞工作者處境，因為面臨種種不確定性，以至於使新聞產製工作困難重重，並對最終產出的新聞帶來具體的負面影響。

　　本章藉由深度訪談具有重大災難採訪經驗的新聞工作者，研究發現整個新聞產製流程各環節的新聞工作者，面臨的不確定性和風險。而這樣的不確定性，正是對於常規制度以及既存的專業倫理造成挑戰，進而也恐造成新聞產製的結果不佳、新聞水準下滑。因此，當我們看見災難新聞的後台時，可以發現：從新聞資訊搜集、採訪、連線報導、SNG直播、新聞組合到新聞產製分工，均出現種種不確定問題，高度偏離電視新聞工作高度倚賴和習以為常的常規產製習慣。那麼當記者從事重大災難新聞產製工作時，不確定性不但帶來的做出新聞的困難增加，更使得做好新聞的可能性降低。

第四章
重大災難新聞工作的因應、反思與專業詮釋

一、導言

> 比同業晚些時間到,決定先問問他們,剛剛怎麼處理?「你們有訪問他們嗎?你們開得了口嗎?」同業給我的答案是肯定的,他告訴我:「沒辦法,這就是工作,等對方情緒平復後再問,也只能這樣……」明明知道這樣打擾有欠妥當,但職責在身也是萬不得已。然而,這位同業補了一句:「不然,留在辦公室就好了。」……或許是我太過嚴厲了,但是,我也有我反應過度的理由──受派出來採訪的記者,不應該認為自己一旦走出辦公室、走進災區,就「理所當然」能取得任何採訪(林靜梅,2015/4/19)。

八八風災帶來龐大的豪雨災情,當時有許多辛苦的新聞工作者,敬業地前往各地災區,為臺灣社會提供最即時會快速的新聞報導。在各則新聞之中,小林村遭土石淹沒的新聞大概是這段時間數一數二的災情新聞。上述引文是公視記者林靜梅在她的書中,對於那段時間前往小林村進行災難採訪的回憶,回憶之中有更多是對於自己以及當時同在現場的同業的反思。到了災區現場,有記者不假思索「理所當然」地要進行災民採訪,有的記者

在採訪之前燃起同理心,思考應該怎麼樣平衡採訪工作和因為採訪可能帶來災民的傷痛。如果在採訪工作之中,缺少了多一些專業思考以及災難新聞學所強調的「同理災民」、「公共服務」的採訪倫理的話,那麼災難新聞工作亂象很可能就隨之浮現。

> 為什麼有這麼多記者的stand會讓人覺得倒胃口呢?因為他們只顧忘情展現自己成為災難現場的「突出」與「畫面效果」,而忘了記者只是災難現場的報導者與比例尺,而不是主角(林靜梅,2015/4/19)。

　　災難記者的專業反省是過去災難新聞研究中所發現的重點。過去的研究告訴我們,災難爆發時,新聞媒體立即會進入全體動員的狀態。因為災難具高度新聞價值,各家媒體莫不競相報導。這時,災難新聞工作者一方面必須擔負更多責任和工作難題,另一方面記者多少會抱持著大展身手、證明自己的心態。值得關注的是,新聞媒體平時常缺乏災難情境的職業訓練和準備(Aldridge & Evetts, 2003; Quarrantelli, 2002),這也使得新聞工作者不免落入想要盡職,但準備不足的問題(Richards, 2007; Duhe', 2008)。在第三章中,本書從災難新聞產製過程中,各類新聞工作者的親身故事中發現,他們面對災難所產生的不確定性,出現了許許多多隨機應變和應變不足的問題。

　　在經歷這災區採訪經驗後,新聞工作者如何藉由這段寶貴的經驗,用來幫助自己反思自身的角色?怎麼藉此發展和強化災難新聞專業?則是隨之而來的,直得進一步探索的議題。本章藉由分析八八風災新聞產製的經驗,歸納出不同新聞產製工作者的反思和經

驗行動。這些新聞工作者的寶貴經驗故事和記者認同敘事、專業反思，有助於本章釐清作為新聞產製的勞動者，如何展現有限的資源運用，以及呈現災難新聞專業文化實作的關鍵論述內涵。

二、記者的詮釋與反思：採訪倫理與公共倡議

在災難新聞產製的過程中，前線的採訪記者是發現新聞的先鋒，在電視新聞產製流程中，攝影記者和文字記者共同建構一則又一則的新聞，報導各種災難新聞事件和故事。記者如何看待自己的職業角色，怎麼反思自己在災難採訪中所遭遇的種種，都會影響災難新聞的呈現和內容構成。幾位訪談者在敘述自己的八八風災新聞採訪經驗時，話題便多圍繞在如何當個稱職的記者。

（一）反思不示弱的英雄文化

在本書訪談中，幾乎每位受訪者都表達，作為一個災難採訪記者，往往都對於自身在災難採訪時長時間工作、深入災區的危險和身體所受的苦痛不能忘懷，值得注意的是，這樣的經驗談是被記者引以為傲的經驗。幾乎所有記者都認同，災難來臨時，辛苦跑新聞是記者應有的承擔，更是盡職的表現。這樣的經驗論述和職業角色的認同，正契合既有的研究所指出的，當災難來襲時記者往往在第一時間前往災區，盡可能挖掘各項災難消息，並將新聞工作視為是第一要務。新聞記者更戮力扮演著見證災區、前進災區的代理人，替代公眾掌握現場實況並且用新聞再現這樣的實況，更多時候是將不明的災區訊息從災區傳出來。為了善盡災難記者的職責，新聞記者往往甘於長時間的工作，並且冒

險犯難只為完成採訪工作（Himmelstein & Faithorn, 2002; Cottle, 2013）。

典型的例子如受訪者B，受訪時他是一個擁有超過15年資歷的新聞工作者，在八八風災爆發時雖然已經是新聞主管，但他仍然前往災區進行採訪，更對自己勇於前往災區的經歷引為自豪。在訪談中他特別強調跑新聞的重要性，另外也不斷提到自己勇赴災區的艱苦和自豪，這樣的論述又與其心中認定的「好記者」定義相符合，也就是透過跑新聞來揭露真相、幫助社會大眾，這正是新聞專業主義中的社會責任論和客觀主義所彰顯的記者內涵（李瞻，1984；陳世敏，1989；Hanitzsch, 2007；Skovsgaard, 2013）。

然而他也反省到，當自己在八八風災盡力扮演一個好記者，過程中可能必須承擔不同面向的傷害。首先是因為新聞採訪、搶進災區的過程，因為未有妥善的準備而導致自身嚴重曬傷，因此每逢新聞連線時必須忍受曬傷之痛楚進行SNG連線。然而，受訪者B對於自己前進災區所導致的曬傷並不以為意，之所以敘述這段經驗，他的重點在於表達，自己是如何盡職地完成新聞工作，藉此彰顯他對於災難新聞記者的職業角色認同。因此他也並未考慮往後應該如何避免類似傷害的問題。相對於身體的傷害，受訪者B卻反思到，自己在災難新聞採訪過程不自覺累積種種心理壓力、甚至出現難以控制的情緒反應。他認為這樣的問題必須受到更多注意：

> 應該是算災難新聞後的心理創傷，這才是你們應該要去注意的，因為在八八水災之後，我曾經有十天我情緒是平復不了的。我只要一發生小小的事情我都哭，因為這十天我

碰到了太多的悲嘛！跟災難、還有人世間的不公平、還有政府的墮落，還有大家怪媒體啦！那種壓力是很大的，尤其是悲的東西，……我們幾乎跟災民是同等級的那種創傷，真的從來沒有人在事後給我們做那種心理輔導，所有的新聞台沒有創過一個心理輔導師……，我們在每一次一次的創傷是讓它自己癒合的（受訪者B，2013/11/05）。

有關災難新聞採訪的實務討論，傳統的新聞專業論述，往往強調記者完成採訪工作任務為優先，造就了新聞工作場域中記者強迫自己堅強、不示弱的英雄文化（Aldridge & Evetts, 2003; Tait, 2007; Duhe', 2008; Edwards, 2010; Buchanan & Keats, 2011），也因此忽略了新聞記者會因為目睹災難現場或感染災民的負面情緒，承受多重的工作壓力，以至於引起心理創傷問題。

近年來國內、外研究開始反省到新聞工作者在面對重大新聞事件時所產生的創傷問題（王靜蟬、許瓊文，2012）。受訪者B根據自身經驗所做的反思，正認知到八八風災新聞採訪經驗，已造成他不知不覺累積了許多心理壓力，以至於造成其情緒上難以控制。他更嚴肅地表達，他認為記者的災難新聞工作告一段落後，媒體應該對記者提供心理諮商和輔導等資源協助。然而相對於其他企業，目前媒體公司仍然未對記者採訪創傷設立輔導機制，許多人也未能夠誠實表現自己情緒，這是他認為不妥的事。

（二）甘冒風險是為了善盡社會責任

從既有研究可以發現，驅動記者甘於冒險跑新聞，主要力量不僅是因為災難新聞產製被媒體當作是一場關鍵的商業新聞戰。

有受訪者也表達，是體認自己的價值展現，也就是能夠勇於與其他媒體記者競爭、搶到獨家。本書發現，有受訪者認為記者之所以會不顧自身勞動權益，甘願長工時、冒險地跑新聞，主要是認同記者這個工作所富有的使命感。這樣的看法正反映出，長久以來記者追求新聞價值的專業認同，也就是希望透過新聞傳遞來幫助社會、善盡新聞的社會責任。因此記者為了爭取災區訊息提早曝光，也甘於冒著各種採訪風險，為的就是希望新聞曝光能夠增加地方救援的機會。在這樣的商業競爭和社會責任的使命之中，災難新聞記者如何思考自身工作的意義，則成為影響其新聞工作如何進行的重要動力。

如受訪者I是一位資深的攝影記者，八八風災時他被指派前往高雄災區進行採訪，然而他負責的區域其他台已經有其他記者先到了，他當下知道自己進度落後。雖然已經入夜、不利採訪工作，但他與文字記者仍溝通後取得共識，冒險坐上流籠、度過斷橋，深入災區過夜、準備挺進災區進行報導。受訪者I提到，當時做這個決定，主要原因不是為了競爭新聞、找獨家，而是希望盡快報導更深處的災區情況。因為他相信藉由持續性的報導就能幫助災民：

> 很簡單啊，如果我早點去報，所謂的透過我的工作把這個傳達出來了，他們得到的資源可能會比沒有傳達出來之前來的快很多啊。
>
> （問：資源是說救援物資？）
>
> 就是不管，就是各方面，不管軍方或什麼，因為可能之前訊息是斷的，因為災區太多了，各個地方都有，那我不

知道這裡面會特別嚴重，我也不知道，我要進去才知道，可是當我報出來的話，也許可能會多一分關注吧，就是透過我的工作去幫助他們而已啊！（受訪者I，2009/11/17）。

（三）應付來自新聞室的報導壓力

進一步從新聞產製分工來分析，挺進災區、冒險採訪的壓力除了源自於自發性的責任感外，更多時候則是來自於新聞室不斷要求新聞工作者前進災區或者即時提供連線畫面，這樣的壓力卻又會迫使前線的災難新聞採訪記者，窮於應付採訪中心和編輯室的要求。事實上，過去研究已經指出，處在惡性競爭的電子媒介的產製文化，充斥著搶時搶快忽略新聞倫理的問題。由於新聞產業在多家頻道競爭的惡性競爭結構下，必須善用傳播科技，特別是SNG來進行現場連線，即時傳播新聞畫面。另一方面，這種利用傳播科技追求報導速度來實踐產業競爭的文化，也迫使記者很容易忽略貼近報導事實的新聞產製倫理，而走向搶快報導，以至於形成錯誤百出的媒介亂象（唐士哲，2005）。進入到重大災難報導的處理上，即時快速的新聞產製，以及追求更快創造臨場的新聞產製，不僅擴大了新聞產製流程的不確定性，也使得記者掙扎於速度與新聞專業的矛盾之間。從本書中便可發現：當遭遇到類似的新聞產製壓力時，一些記者也會採取因應之道。

受訪者H原本擔任某新聞台的夜班主管，當中南部災區爆發救援直升機失事等情事時，他就自請到前線進行採訪，並在完成小林村挺進採訪工作後，被新聞室要求再繼續挺進災區，因此與負責調派人力的新聞室主管爆發衝突：

八八（風災）時候我跟公司有一個很大的衝突，他要我挺進那瑪夏，小林再進去是那瑪夏沒錯啊，可是整個走山啊，沒有路，你要我攀岩嗎？不可能啊！那我覺得你不是看著地圖跟我講你都已經到小林了，你就再挺進。你來啊，你比我厲害你來走，我說不是看著地圖講挺進就很簡單！你看著地圖幾公分你量，你知道那山地層級有多高？我上不上得去，救難隊都到不了我要怎麼到？

那時候沒人聽我在說什麼，那到後來我是直接越級打到最高層，然後把我的不滿意一遍發完（受訪者H，2013/11/14）。

對於新聞勞動者而言，當其投入各項新聞採訪工作，特別是意料之外的各種重大新聞，往往會遭遇到來自新聞組織的壓力，要求其跑新聞優先，如此也造就了不顧記者安危的職場文化，受訪者H當時的因應之道是透過越級報告的方式，要求總編輯給予支持，如此才化解了一場衝突。

另有記者則會考量自身安危和新聞連線的品質，不惜拒絕新聞室，拒絕在特定時段SNG連線的要求：

編輯台就會打電話，因為編輯台會知道我們的行程，然後他希望連那個狀況，但是我們還沒挺進，可是他就要求我們要先連線，那我們說我們現在還沒東西給你，因為我們還在外面，就是還在曾文水庫的周邊，我們還沒走進去。他會覺得我們太慢（受訪者J，2013/11/19）。

在八八風災時，受訪者J剛進入無線新聞台擔任攝影記者。當時他與一位資深的文字記者正在南部災區進行採訪工作，有一次他們一大早從旅館出發，沿線跑新聞、找報導題材。但編輯室則為了要能夠在各時段進行連線，急於要求前線記者盡可能在特定時段配合連線。這使得新聞記者在新聞工作進行過程中，不斷遭受到來自編輯室的連線要求。面對這種連線的壓力，可能迫使若干記者處在新聞製作時間不足的情況，冒險連線或者製作未經確認的新聞內容。但受訪者J當時的反思是，採訪必須有足夠時間才能兼顧新聞品質和採訪安全，因此當時他們的因應之道是，由資深的文字記者出面與編輯室協商，同時透過採訪中心與編輯室溝通，成功爭取多1到2小時的採訪工作時間。

歸納上述的實際因應經驗可以發現，這些災難新聞產製的記者，面對高度競爭和時間壓力，能夠跳脫常規不穩定和結構限制，成功以換個方式產製新聞，來化解產製不確定性，以完成新聞工作。

（四）不消費災民的新聞拍攝

過去災難新聞經常被詬病，新聞畫面採取煽情、富張力的拍攝手法，因而不惜將災民哭泣、哀號的畫面當作主要的新聞拍攝內容（Cottle, 2013）。國內學者系統性分析八八風災的電視新聞，就發現新聞內容大量出現悲情、故事性的報導以及鮮明的災難意象（林照真，2013；張春炎、楊樺、葉欣誠，2015）。這樣的報導方式，被認為是爭取收視率的保證，卻同時也經年遭受外界的批評，被詬病是不尊重災民、消費災民。受訪者L是一個資深的攝影記者，當南部淹水災情傳出後，他便趕往屏東進行採訪

工作。在經歷那段災難新聞工作經驗後，他開始反思自己跟其他同業長年習以為常的拍攝手法究竟對不對？有沒有必要？

> 這一行做越久，我反省我這一行哪些事情該做，還有以前我哪些事情做錯了？因為那時……我到後來才知道有一個東西叫做「被動受訪者」，他不會一直主動來找你，希望你拍他的。他自己家裡發生這樣子不幸的事情，他也不願意……何必去這麼貼近人家採訪（受訪者L，2013/11/26）。

受訪者L坦承自己初入新聞圈時，常是每天努力回應採訪中心和編輯室的要求，因此常會不假思索地拍攝「富張力」的新聞畫面。然而隨著新聞資歷漸漸累積，對於新聞攝影工作開始駕輕就熟，也有更多時間能夠反思自己工作是否能夠更符合專業的精神。這樣的經驗也促使他在八八風災爆發當天，初到已是一片汪洋的屏東時，他當下決定採用不同以往的拍攝手法，改拍在災區淹水區邊一整排的各台SNG車，以及記者簇擁採訪的災民的畫面，藉此表現災區現況，而不再對災民進行臉部表情的特寫。他認為這樣的畫面構圖不僅具有特色，同時也能夠在不消費災民的狀況下取得好畫面。因此，誠如過去研究，惡性競爭和追求報導速度的電子新聞產製文化，容易使記者忽略新聞專業倫理（唐士哲，2005），然而在經年累月的追求速度之中，具有反思性的記者也能夠在速度的壓力與採訪的不確定性之中，朝向追求客觀事實和不消費災民的報導專業實踐。

（五）記者追求成就的競爭策略

　　過去研究認為，新聞專業以常規化的新聞產製模式，讓新聞記者有效率完成資料蒐集，既使是自然災難這類非例行的事件發生，記者也能夠從常規工作中取得因應的策略，例如從常規經驗中取得類型化的新聞故事處裡，藉此理解新聞事件的故事類型、預測採訪行動應該如何進行等等（Ewart, 2002; Tierney & Kuligowski, 2006; Scanlon, 2007; Su, 2012）。換言之，常規的作用如同肌肉記憶（muscle memory），使得新聞工作者能夠在面對非日常事件時，仍然能夠依照例行化的採訪知識，利用各種方式來取得符合新聞價值的資訊。然而這樣的看法未能考慮到新聞工作的競爭邏輯，包括同事間的競爭、同業間的競爭都可能迫使記者在產製新聞時多了其他考量，也就是藉機追求個人成就（Miller & Goidel, 2009）。當重大災難發生時，競爭邏輯便影響新聞記者會懂得利用SNG連線來演出新聞、使自己成名，而不是盡力投入新聞專業所要求的角色扮演。這正顯現出，商業競爭邏輯不僅在組織層次上挑戰了訴求客觀專業規範的傳統管理系統，同時也在個體層次上影響新聞記者的採訪實作：

　　　　1996、1997就開始了，臺灣開始有SNG就開始。沒有人知道你下一步要幹什麼啊！這塑造了一個show的空間。
　　　　（問：有些人就會刻意去做show嗎？）
　　　　對！很多人就會刻意做show，當七個台的SNG車都在那邊，我要怎麼樣做的比較好看？
　　　　（問：那好看的東西就變成是用演的嗎？）

對！以前人很多都是用演的。有些人可能說我要用豐富的資料，……可是很多人，最便宜的方式就是用演的，最低成本的。我相信很多人是這個樣子，他一心一意就是要當主播嘛！他覺得在電視台工作，就，主播才是一等嘛，我覺得現代很多年輕人是這樣想的，沒有錯（受訪者Y，2014/02/17）。

受訪者Y發現新一代記者，越來越多比例不以當個好記者為職志，僅是將記者視為是成為主播的過路職業。這也使得這類記者不積極跑新聞，卻放更多心力在「使自己成名」這件事。SNG現場即時連線便常被作為爭取主播機會的重要門路。這是因為SNG連線時，採訪中心與編輯室無法對連線記者的新聞採訪內容做守門，只能任憑記者演出。這也成為新聞記者表演的最佳時機，一旦表演過頭就會出現踰矩的現象（受訪者Y，2014/02/17），而這樣的踰矩現象，正反映出惡性競爭的產業結構下，競爭邏輯帶來的損害不只停留在企業組織的競爭，也體現在新聞記者彼此的競爭之中，導致新聞產製的不確定增加。

進一步從商業導向新聞學的脈絡分析，SNG直播造就了讓新聞記者能夠大秀自我的空間，利用戲劇邏輯演出報導。雖然這可能違逆了新聞專業倫理，然而在這樣的新聞展演之中，卻也可能同時迎合新聞組織和記者個人的商業利益追求。受訪者G便不諱言，若干新聞主管著眼於收視率，便明言鼓勵或默許記者以突出、誇張的方式報導新聞。因而，當記者依循市場新聞學的邏輯，藉由SNG連線秀新聞是能夠讓商業台追求收視率、進行經濟征戰的的競爭邏輯（McManus, 1994）。對記者個人而言，秀新

聞也意味著新聞記者與信守文化規範記者的競爭。換言之，認同商業競爭邏輯的記者，會選擇以秀自己、演新聞當作是爬升個人事業階梯的好方法（Ehrlich, 1995）。這樣的現象正反映出臺灣1990年代以後由商業結構所主導形成的新聞產製邏輯，資深主播李艷秋（1997）便曾道出，在競爭的新聞產製文化氛圍下，記者為了有機會單上主播台，往往會想發設法突顯自己，利用現場播報秀自己（轉引自劉昌德，2012）。

（六）不當類小丑

受訪者E和受訪者F先後在訪談中也都提到，災難新聞連線報導反映了部分新聞工作者會循著戲劇化的邏輯，以找梗的方式來報導災區新聞。這樣的報導方式，在追求收視率的新聞部長官眼中，正是稱職的好表現。某些新聞記者就是因此出名，並贏得新聞升遷的機會（升上主播台）。本文認為，新聞表演受到媒體主管肯定的現象，正突顯新聞台長期服膺於商業結構。受訪者G觀察發現，不少文字記者會災區SNG連線的機會自我表現，以突顯自己或誇大的方式演出新聞，她譏諷這類記者成是「類小丑」：

> 我覺得表現方式很多，如果你真的是被風吹到、被一個東西打到你的頭這樣子，頂多是我覺得ok，就像上次東森有一個記者正在連線有沒有，然後那個路不是斷掉，然後突然他後面這樣子掉，他自己他跳的往前跑，他差點摔下去那個時候……我覺得那個我都直接說：因為你是第一線你把自己置身在危險中那樣呈現給我們看，不是像小丑一

樣？躲在山坡上，風突然一陣來，然後鞋子剛好就是自己白癡沒弄好、就掉了，滾了兩下，然後說：嗯啊鞋子被風吹掉那樣子（受訪者G，2013/11/14）。

　　受訪者G以「類小丑」作為採訪專業與否的劃界，藉此表達自己對於這類作為的不認同，同時也再次確認自己對於新聞工作的文化規範與專業認同界線。雖然有好幾位受訪者認為，當新聞記者不以報導災情為要務，而強調個人表現，經常會逾越了倫理尺度，一旦表現過頭，反而不利於建立新聞記者應有的公信力。這類受訪者們的評論基礎是建立在新聞以公信力為要，而當他們以「類小丑」這類標籤表達出對另一類記者的負面評價，這個詮釋過程，正體現新聞工作者對於新聞業去專業化的集體反思。誠如若干研究所指出的，新聞業的存在價值和社會地位是建立在公信力之上（Johnstone, Slawski & Bowman, 1972; Schudson & Anderson, 2009; Martimianakis, Maniate & Hodges, 2009），當過多利己考量的採訪作為出現，那麼雖然在專業與商業混成的新聞產製管理系統之中，不少記者能夠藉此成名、博得個人成就，卻可能侵蝕新聞業的公信力，造成新聞業集體的去專業化，以至於降低了新聞業的社會價值和公信力（Witschge & Nygren, 2009）。

　　因此，當幾位受訪者用「類小丑」或者「演新聞」、「廉價的採訪表現」等詞彙來詮釋愛秀自己的記者，正反映出一種具備利他和公共考量的反思。這也突顯出，在災難新聞產製文化之中，有兩類的新聞記者依循著兩種不同的行動邏輯、追求兩種不同的新聞價值：一類記者為追求商業競爭而採取「演新聞」的行

動來爭取收視率和個人成就；另一類記者大體上仍服膺社會責任論，其報導追求的便是新聞影響和社會關懷。

三、編輯的詮釋與反思：當個新聞協作者

電視新聞編輯人員在一般時候，主要工作內容是進行每日新聞播出的選擇、計算稿件、針對文字稿進行守門除錯的工作，同時要對新聞進行下標題、製作鏡面等（樓榕嬌，1982）。其中最重要的工作是掌握每日新聞編排流程（rundown）。新聞流程排定過程，新聞編輯必須掌握每天、各個時段來自採訪中心提供的新聞素材。因此，好編輯必須要能夠透過新聞編排，讓閱聽眾快速掌握新聞重點，同時整合出的新聞排序，以此增加閱聽眾的收視意願（曾國鋒，2010）。對新聞部的主管而言，在新聞產製過程中，好的編輯必須要是一個能夠建立新聞跟受眾之間的關聯（受訪者A，2013/11/01）。然而八八風災時，他們卻被迫面臨更多狀況，致使他們必須反思自己的職業角色。

（一）無法事先編排的災難新聞

在一般狀況下，新聞編排流程被視為是一個「炒菜」的過程，編輯能夠藉由編採會議掌握當天什麼時間點會有哪幾則、哪些類型的新聞，然後進行新聞編排、依序播出新聞內容。但編輯經常也會遭遇到新聞記者來不及製作、傳送新聞帶的狀況。因此，編輯必須具備隨機應變的能力，彈性地因應狀況去挪動新聞播出次序，讓新聞播出不至於開天窗：

像是編輯就會先排Rundown的東西，因為採訪中心會先推出菜籃，然後就排列順序，決定新聞的位置，或是策略去打。比方說……我這一節時段，就是財經很吃香，我可能財經就放一塊……就是要看有很多方面的取向。比方說你可以即時為取向，比方說當天很重要，當然一個三一一大地震，那可能整天大部分的新聞都抽掉，那就只剩三一一了……所以這也是很有可能的……（受訪者P，2013/11/28）。

不論是例行的新聞編排或者遭遇到大事件進行的應變，編輯對於新聞播出的排序原則經常是根據過去實務經驗，其目的是為了能夠讓新聞播出獲得收視率的肯定。因此，電視新聞編輯每天的另一項重要工作是檢討收視率，透過自我檢討和參考各收視目標群、各時段的收視率表現，編輯必須能夠歸納出哪些地方做對了、哪些地方需要改進，並將之列入下次編排新聞的參考。

然而在重大災難爆發時，全部的新聞時段幾乎都以八八風災新聞為主，這時候檢討收視率的工作便不再重要。因為每節新聞的專責編輯的工作大量增加，特別是增加了許多臨機應變和溝通的工作，這是因為重大災難時，電視台的新聞產製會採用大量的SNG連線。SOT新聞帶的生產，主要由採訪中心負責，編輯的工作則是負責確認採訪中心是否依據編採會議討論，並完成播送。在重大災難新聞產製過程中，SNG連線成為主要的新聞產製方式，新聞編輯往往難以預先排定新聞的編排流程，因為新聞內容往往是根據當天記者隨機進行的災難現場採訪。這時候的編輯工作重點，改為要在副控室中不斷與前線記者溝通連線時間，而這個工作內容也往往造成編輯工作量到了難以負荷的地步。在八八

風災時，受訪者P在某新聞台擔任資深編輯，當時她面臨最大的挑戰是，必須同時面對各種聯繫管道，不斷確認整節新聞如何播出，哪組記者可以進行新聞連線等：

> 我有遇過，一個小時連線有十四個連線……真LIVE、假LIVE、電話連線，十四個。沒有這種HOLD電話，就自己搞定，自己打。因為X台的資訊比較多，就是SNG十九台、3G包兩個、共訊，或是中部光纖、南部光纖，……很恐怖，沒辦法啊…就是沒有人幫你…你就只能自己接受這一切。就是一定要想辦法，不要讓自己出錯（受訪者P，2013/11/28）。

為了能夠克服多組記者在新聞現場，可能來不及連線，以及各種不確定因素的發生。編輯室必須同時多管道地掌控外在新聞採訪狀況。對於新聞編輯而言，除了要能夠快速反應各種狀況之外，受訪者P認為具備抗壓力變成是一項重要的能力，這使其能夠針對即時傳進來的新聞作下標的工作，同時掌握連線的進度、讀秒並使新聞播出流暢。

（二）重新定位編輯角色

當重大災難發生時，各家媒體改以全時段播送災難新聞為主，藉此滿足觀眾藉由電視新聞理解災情的需求。災難新聞需求大增，對於新聞台而言，如何產製大量災難新聞來滿足大量時段的新聞需求是一大考驗（Cottle, 2009a）。然而即便新聞台派出了大多數人力，災難新聞採訪量能始終有不足的問題。因此各家新聞編輯台最大挑戰便是必須在各個整點，要能夠順利讓報導準

時播出。這時候，編輯優先思考的是，如何能讓前線的記者能夠不斷準時回傳編輯室需要的新聞畫面。

根據受訪者N的八八風災的新聞工作經驗，當時編輯經常必須在副控室掌握新聞記者SNG連線時機，她一邊必須需要面對每節每個時間點都要有人連線，掌握連線播出時機的壓力，一面則要面對前線記者不配合或無法配合。因為經常有記者反映無法依照編輯室期望準時抵達災區進行新聞連線，受訪者N坦言，編輯經常會因為連線問題而與前線記者起衝突。然而她認為，編輯仍然應該要尊重前線記者，「畢竟真正跑新聞、前線冒險的是前線記者」，在她的思考中，新聞仍然是以追求事實為要，因此她當時決定採取尊重前線的方式，也就是盡量不要為了連線而主動打電話給前線記者，而是透過與採訪中心的持續聯繫，依賴採訪中心長官的協助，以此來掌握可以進行新聞連線的時機點。

這樣的論述正反映出，編輯即便在面臨災難新聞產出的壓力，仍信守了新聞是報導事實的工作，而編輯的工作則是協助新聞記者能夠將其追求事實的新聞內容順利在特定時段進行播出。這樣的論述，也體現出新聞編輯在新聞產製位置的自我反思。誠如過去新聞研究強調，整個新聞業具有一個普遍的集體共識是，戮力追求事實報導，而追求事實的報導責任不僅落在前線的新聞記者身上，編輯則必須支持記者進行事實報導（林元輝，2004；Zelizer, 2004）。

值得關注的是，由於新聞台競爭與收視率壓力下，新聞產製文化除了追求事實外，同時存在著一種生產「好看新聞」為尚的文化邏輯。在這樣的產製文化邏輯之中，電視新聞編輯直接負擔讓新聞「好看」的職責。讓新聞好看的職責，也導引著編輯在新

聞產製過程不免要挑戰「絕對尊重現況、事實的鐵律」，這個情況正反映在八八風災時，出現編輯室構想新聞內容、主導新聞產製，並要求前線記者落實在SNG新聞連線報導之上。

如受訪者N坦言，尊重前線記者採訪報導的原則，有時候會因為製作人或大牌主播而改變。受訪者N指出，八八風災時她在某台擔任編輯的經驗是，在特定時段時，大牌主播習慣更確切掌控新聞播出的內容，因此她被迫必須要更介入SNG的連線內容：

> 我跟你說我就是五分鐘要連，沒辦法，然後外場跟你說，我就是半小時才能到……我就是要轉達我的主播就是五分鐘要連（你一定要辦到）……我的主播說要記者講A+B+C+D再講回A！
>
> （問：喔！這種特別的新聞就更有計劃性，有設計過？）
>
> 他就會特別……應該說他對記者比較沒那麼信任，他沒辦法預期你會講什麼，或者是說他覺得你沒辦法講到他要的，他就會直接order你要講什麼……這樣就會吵架……他（記者）就會跟我抱怨。我會跟他說，好！雖然你沒有那個，可我們這邊有一個訊息，是什麼什麼怎樣，那你就把它……你就把它融入在（連線採訪）裡面。
>
> （問：那這樣就會變得有點介於假新聞？）
>
> 也不是假新聞，就是說她也幫她寫劇本了（受訪者N，2013/11/27）。

重要新聞時段出現「明星主播」要求編輯去指定記者一定在

特定時段完成連線,同時提供劇本讓前線採訪在新聞連線時進行演出,這似乎觸犯了客觀事實的專業規範。編輯必須一方面應付難以違逆的主管要求,另一方面則是必須自我重新定位其編輯責任。因此她選擇提供前線記者更多資訊,藉此來讓她們講出現場所沒有辦法看到的資訊。在受訪者N的經驗反思中,她認為這是一種受到上級強力要求,不得不的舉措。這也促使她進一步意識到,「編輯加入幫助記者增加新聞內容的工作」是否違反新聞專業的問題。對於自己當時的編輯實作,她認為,假若能夠定位自己是資訊協助和提供者,那麼也相當程度是將此狀況,從「為了讓新聞好看而造假」,轉變成「為了充實報導內容、讓報導變好看」的一個權衡之計。

四、新聞主管的詮釋與反思:後勤、支援與指導

新聞主管平日主要負責的工作為新聞工作分派、採訪指導和新聞內容的守門。然而在八八風災爆發時,新聞編制立即進行大幅調展,平時負責行政工作的分層負責內容也都進行調整,新聞管理也面臨種種的挑戰和異動。

(一)商業競爭損害媒體社會責任

受訪者A指出,重大災難爆發時,新聞組織首先要做的是快速分派、調動資深新聞記者到各災區去。除此之外,第一時間各台主管都必須研判是否要延棚報導:

> 第一個災害來的時候各新聞台會去延棚,一點收棚,今

天不行,要三點才收棚,那看到某電視台三點才收棚,B電視台說那我們今夜不打烊。那就把全部人叫出來,就逼著說,我們今天因為因應什麼風災,某某新聞台今天不打烊,全天候為您守候。可是真的有需要不打烊這個情況嗎?你如果仔細看,到兩、三點都是重複的新聞或者是沒有災害,waiting,你陪著新聞台在waiting一個颱風這不是很好笑?它超乎新聞應該提供訊息的本質,你陪著它守夜了啦!累壞了新聞工作者,也累壞了收視觀眾,然後專業也顯示不出來(受訪者A,2013/11/01)。

　　根據受訪者A的反思,他認為延棚持續即時播報災難新聞,並不是考量觀眾的需要,而是陷入一種各台相互競爭的邏輯。這樣競爭也影響了新聞台進行新聞工作決策和判斷,進而導致新聞專業受損。Skovsggard和Bro(2011)研究指出,既有的新聞專業普遍強調新聞要滿足大眾知的權利,其新聞專業展現在能夠傳遞貼近事實、即時的新聞內容。然而當延棚的決策未能夠考量新聞台的新聞採訪能量,以及觀眾對於客觀資訊的需求。那麼這種為競爭而延棚的決策,彰顯各台新聞主管相對較缺乏公共資訊服務的考量。延棚的決策,但是彰顯出各家新聞台以新聞競爭作為災難新聞產製的統籌、調動。隨後各種管理決策便容易傾向於,以追求低成本又能吸引觀眾目光的報導題材,同時也透過競爭速度或者拉長新聞勞動者工時來實現,強調商業競爭的災難新聞產製文化(唐士哲,2005;曾國鋒,2010)。

　　若干受訪者對於商業台有一些理所當然的作法,表達不以為然的態度。受訪者E擔任某新聞中心主管,他便強調新聞業不

應該受到商業影響,這樣反而會降低新聞專業應該善盡的社會責任。相較之下,受訪者D-1提供另一個不同的思考邏輯。受訪者D-1現在是某商業電視台擔任製作人,他認為強調社會責任的新聞產製多,會讓新聞過度枯燥。因此他向來主張新聞應該做得好看,也就是透過好的編排、特效,這樣重要的新聞議題才能發揮影響力、被看到。這樣的想法是建立在臺灣以商業電視台為主的環境,也就是除非能夠習慣商業競爭的遊戲規則,否則再好的新聞也不會被看見,反倒無法透過新聞來發揮影響力更遑論社會責任的實作(受訪者D-1,2014/07/15)。

(二)支援前線為要的指揮調度

　　循著社會責任思考,災難新聞採訪是災難新聞產製的核心,受訪者E認為重大災難新聞來臨時,中層主管除了更彈性地負責各種新聞指揮調度工作之外,最重要的就是要建立後勤補給系統,也就是提供前線的災難記者、SNG車人員足夠的後援,包括因應災區採訪的器材、防護裝備、糧食和補充品,如此才能夠幫助災難新聞做得更好:

> 我做那麼多年的災難新聞,只一句話而已,那遇到那種戰爭的時候,是講後勤補給,其他都不講,……我們只是要去配合他們的補給,比如說,他們行動的時候需要。住宿那個是很基本的,吃喝那個是很基本的,你要先關心到,然後還有就是,我們要怎麼傳輸、我們要怎麼通訊、我們要怎麼聯絡,這些東西我們都要先幫他想好,或是他們會跟我們講,我們去幫他處理掉,等到這些關節打通之後,

就像任督二脈打通（受訪者E，2013/11/12）。

既有相關災難新聞研究多關注前線新聞記者的採訪工作（Aldridge & Evetts, 2003; Berrington & Jemphrey, 2003; Richards, 2007; Duhe', 2008; Cottle, 2009, 2013），相較之下，對新聞主管的角色缺乏足夠的了解。幾位受訪的新聞主管多點出，災難新聞採訪過程中，雖然相較平時更加仰賴前線的新聞記者進行新聞採訪，然而新聞記者在災難採訪過程會面臨諸多的困難，如採訪過程所需的物資、飲食的基本滿足都可能構成問題。本書訪問幾位資歷超過20年的新聞主管，普遍都談到了在災難新聞產製過程中，增加平時所沒有的後勤補給工作，並將之視為是完成災難新聞產製極為重要的工作項目。

受訪者D、受訪者Y均曾自請前往災區，負責後勤補給工作。他們認為後勤補給工作做得好，不但能讓新聞採訪和SNG連線發揮應有的作用，由新聞主管到前線進行補給工作，更是給予前線的新聞工作者具體的精神支持，更可以適時對災難採訪工作進行指導。換言之，這不僅能夠有效減輕其工作壓力，更有緩解記者工作心理壓力的作用：

> 那個災難的震撼已經超過記者能承受的……就必須要有資深的人，能夠給他們心理上給他們專業跟心理上幫助的人，那你們這些人（新聞主管）在辦公室吼吼叫叫幹什麼？你們就會在辦公室吼叫而已嘛，你們為什麼不下去（受訪者Y，2014/02/17）？

受訪者Y一方面強調新聞主管懂得到災區進行後勤補給、赴災區給災區記者直接的指導和心理支持，這是災難新聞產製過程的一項重要工作。然而，受訪者Y也點出了新聞室存在一個現象是，新聞主管無法有效發揮指導和支持新聞前線的作用，而更常用主管權威來進行層層壓迫，用壓迫的手段讓第一線的新聞工作者完成災難新聞採訪工作，他認為這樣的作法將不利於災難新聞產製的品質。

（三）擔負起漏新聞的責任

　　而受訪者Y的觀察反思正體現在受訪者B-1的經驗之上。受訪者B-1是某商業新聞台的南部中心主任，八八風災時他作為南部災區採訪統籌、分派災難新聞採訪的工作。他上對臺北採訪中心負責提交新聞的責任，下對災區記者負責有管理、指導的責任。受訪時他特別提到，八八風災時他曾經發生「漏新聞」的問題。這個經驗也正體現災難新聞產製過程，某些新聞主管為了贏得災難新聞競爭，出現層層壓迫的現象：

> 　　電視新聞一定他要有畫面……比如說TVBS記者拍到一個人哭得很慘，可是我的記者比較晚到，拍起來是那個人已經沒有在哭了，可是我要去描述他的故事，必須要他哭（的畫面）新聞才有強度，那怎麼辦？問題是人家已經哭完了，人家不哭啦！
> 　　（問：那你怎麼指導他？）
> 　　我說坦白話，那時候我的壓力在於說，臺北主管不會管你那麼多，他要的就是成績、要的就是畫面。我的話

啦，我個人的話，我是整個扛下來，我（跟記者）說，不哭就算了。

（問：那就變成你要跟你的臺北長官衝突了嗎？）

對對對。就變成是我去扛這個部分。我的個性不會再去請他（記者）再去逼那個人（災民）哭一次。

（問：有人會這樣做嗎？）

有啊！譬如說，（主管會要記者）你去想辦法啊！就是想辦法，我不管你啊！我們這一行裡面，最常聽到的就是，長官跟你講一句話：我不管你！你去想辦法（受訪者B-1，2014/04/23）！

八八風災新聞產製當時的管理結構，已轉變成為臺北新聞部／採訪中心—災區應變中心—前線新聞採訪。在這樣的新聞管理結構之中，地方中心轉變成為災區採訪中心，當發生漏新聞、漏畫面時，災區採訪中心主管便必須承擔來自臺北新聞部的壓力。當不能漏新聞的壓力被各層主管、層層轉嫁，那麼可能壓迫記者必須去「生新聞」，因而造成許多偏離客觀事實的新聞文化規範。但處在這樣的工作情境，受訪者B-1反思是，他不應該扮演層層壓迫記者的主管，否則會違反新聞專業的作為。面對這樣的處境和權衡，他最後採取一個臺北新聞部也能夠接受的因應方式，「這個其實有點運氣成分嘛！他（T台記者）比較早到一點，剛好他在哭得很慘，那這個case我輸了嘛！我認了嘛！我從別的case去補回來（受訪者B-1，2014/04/23）。」

第四章　重大災難新聞工作的因應、反思與專業詮釋　　113

（四）反思災難時的新聞主管職責與失能問題

　　針對新聞主管在災難新聞產製過程的角色，是否能扮演好適當的角色？受訪者A提到自己曾反省主管的角色責任。他認為新聞主管無法認清自己在災難新聞產製過程應有的支持、後勤角色，是不利於災難新聞產製的關鍵因素，而會造成這樣的原因，一部分在於這幾年新聞結構的快速變化：

> 在一個新聞媒體裡面，有能力去指導的或者影響編輯政策的就是主管。不管是編輯主管或者新聞採訪主管，他本身的經驗夠不夠？他本身有沒有一套養成的訓練？他本身不管你是從什麼科系背景出身，你在新聞業裡面你自己的學養，訓練夠不夠？那如果這些人你在經驗不足就上陣了，而立刻到可以指導人家的位置，好比說一個棒球隊裡面的教練，coach本身可能不是player，你不是很有經驗的，你只能紙上談兵。這個狀況不會去應變，你可能教導出來的、帶領出來的編輯跟記者，他就會走樣。我們過去十年太快速發展新聞台，以至於裡面缺乏好的新聞主管、新聞幹部（受訪者A，2013/11/01）。

　　受訪者A新聞工作經歷超過20年，他在老三台時代便開始擔任記者、主播，歷經很長一段歷練才晉升主管職。因此他也觀察到在八八風災時出現的新聞主管歷練不足，進而影響其面對重大災難時出現管理品質不佳的問題。在受訪者A的反思中，他認為管理階層管理素質不佳的現象，反映出臺灣新聞產業結構的變

化。因為1990年代臺灣新聞台的快速發展，造就了許多的新聞台，過多的新聞主管空缺便由稍有資歷的新聞記者所填補。換言之，快速發展的新聞台同時也導致加速新聞記者晉升為主管而不管其養成訓練是否充足的情況發生。

對於新聞主管而言，災難新聞產製的管理工作的另一項挑戰來自於掌握前線記者的採訪表現。誠如前述，當SNG現場連線成為災難新聞產製的主要模式，這時候可能出現不少新聞記者以誇大的方式進行演出，對新聞主管而言，最大的責任便在於讓新聞記者即便會出現誇張的報導手法，卻仍能夠拿捏應有分寸。受訪者O在八八風災時擔任某台生活中心主管，根據他的管理經驗，他也自訂一套面對自己誇張演出的原則：

> 我覺得這有一方面就是現在的人，後來有一些新的記者表演慾比較強，比較想要當主播的，……也不是說當主播就是要演，就是他們比較會去秀個人……我覺得你可以突顯個人，但是你不要是誇張地去表現，因為我覺得突顯個人有各種方式啦，有些人的表現方式就是比較，讓人家接受，有些人就是沒辦法。……而且，我覺得，應該以主管的責任來講應該你要負責…告訴那個記者，對呀當然有些人接受、有些人不接受啊！那有些人因為這樣子慢慢當成主管，以後他就會像這樣教育他的記者（受訪者O，2013/11/27）。

對於受訪者O而言，他認為新聞主管有職責幫助新聞記者對其新聞採訪方式進行尺度的拿捏，這樣的考慮不僅在於當下他有

職責對於新聞記者的具體表現進行監督、管理。除此之外，他另一層思考是關心到新聞專業知識傳遞和管理的延續性。他認為記者都是新聞主管的候選人，而新聞工作的知識又普遍來自於職場所學，假使不能夠在新聞記者經驗中適時給予指導，讓他懂得拿捏新聞報導的分寸，那麼將來很可能就會在擔任新聞主管時，沒法善盡新聞管理、教育、督導的職責，帶來的影響是更結構性。

五、主播的詮釋與反思：最後的守門員

過去有關電視災難新聞研究，較少關注到主播在新聞產製的角色，然而若從例行的新聞產製理論概念來理解，電視新聞主播是新聞產製的最後一環，往往是負責將整個時段的新聞大要和重點播報給觀眾聽的重要人物。究竟重大災難新聞產製情境中，主播如何反思自身的職業角色？以下透過經驗資料分析進行說明。

（一）扮演最後守門員的角色

一般認為，在整個新聞產製工作之中，主播的主要任務是要讓電視機前面的觀眾能夠很快聽得懂新聞。事實上資深主播平時經常面對的一個大挑戰在於，如何能夠扮演新聞產製流程中的最後守門員角色，而這個守門員的角色在八八風災時則又更為重要。受訪者T是某新聞台資深的當家主播，八八風災時她任職的新聞台特別改變播報方式和地點，也就是將主播台移到災區的一個災民臨時收容所。如此也使得新聞播報工作必須面臨更多的考驗，除了必須要在不看讀稿機的狀況下完成新聞播報外，她必須克服災區現場可能的干擾，並且在這樣的情境中很快速地確認每

一條新聞播報內容不能出現錯誤。她反思自己之所以有這樣的能力，正是建立平時的工作上她習慣性地扮演守門和除錯的角色：

> 主播是最後的守門員，就像那個足球一樣，我們把所有錯的推出去，所以通常我在播新聞的時候，現場我除了三個電視監看別台之外，……我可能在播的時候，我可能播完這條新聞，這條新聞可能一分半，所以我一分半的時間去檢視下一條新聞，我就會趕快去看一下他的稿子，那常常我就可以挑得出錯誤來，所以我就臨時，比方說還剩30秒，我就跟導播說這條不能播，我們先不要播，換下一條（受訪者T，2013/12/13）。

在受訪者T的經驗中，快速判斷新聞內容的正確性，相當程度是仰賴過去當記者、跑新聞的經驗。在登上主播台之前，受訪者T跑了十年的新聞，歷經多次大小新聞考驗，才有機會登上主播台。在她的經驗中，記者工作是培養新聞敏銳度最重要的歷程，這也是培養一個好主播必要的經歷。但她也不可否認，現存的主播培養有另一條捷徑，也就是啟用外表亮麗的美女主播。但她認為這類新聞主播便無法扮演好最後守門員的角色，主要原因是他們都缺乏「從經年累月的新聞採訪實作所累積的新聞敏銳度」。這也突顯出電視新聞記者升主播的模式偏離了專業考量，因而減損了主播扮演最後守門員的職能。

（二）有跑新聞的經驗才能當個好主播

進一步歸納幾位受訪者的觀察，普遍認為缺乏新聞採訪經驗

就當上主播的現象越來越顯著。這也顯示出，投入新聞業的記者多追求當上主播的機會，而在他們的想像中，能夠當主播的人跟能否創造收視率有關，因而不再是以建立公信力來作為主播的職業想像。因此，不少記者是依循這樣想像來建立他們在職業競爭上的策略。在這樣的新聞產製文化實作中，也就逐漸形成了一種收視率勝過新聞專業的價值想像，使得記者的新聞文化實作，不再以「跑新聞」為第一要務。換言之，有一群新聞記者不見得能夠再認同傳統的新聞價值（Zelizer, 2004）。

相對的，「做新聞、演新聞然後當主播」的職業心態也越來越明顯。擔任主管多年的受訪者I證實這樣的現象，他認為這個職場文化的出現，正反映臺灣新聞台過多、惡性競爭的行業生態，造就了記者開始用最廉價、低成本的方式往主播一職前進，但這樣的主播地位卻也相形失去往昔的價值。

面對這種情況，有主播反思個中的問題癥結在於，現階段的記者大多是單一地將主播作為成就地位來追求。如受訪者S，她是在有線電視合法化後的第一代記者，早在1990年代便開始成為知名新聞台的當家主播之一。當問到新一代記者進入新聞圈，出現將記者工作當作是當主播的跳板時，她對於這個現象做出看法：

> 主播是人家給的，而且它是主觀的，我的意思說存在於這家媒體老闆的主觀，他如果覺得妳長相是可以的，是適合我們這一台，妳就有。那如果一下子覺得妳不行，就不行。那我們何必把一生的志願放在一個特定人的主觀上呢，我覺得這樣很沒有意義啊！所以我有這個認知，我當然就不會那樣設定，我也覺得我人生更有意義的做法就是

災難新聞現場啊（受訪者S，2013/12/13）！

在受訪者S的觀察詮釋中，突顯新聞主播作為一個職業位階，即便被認為是被渴望和追求的職業成就目標，然而她認為生產專業的新聞才是新聞工作的核心價值。因此在訪談過程中，她不斷強調新聞工作者的職業認同應該在於跑新聞，從新聞現場產製出真實的新聞內容，這才能夠回應新聞業本身的價值。因此受訪者S認同的是，追求新聞事實才是一個新聞工作者的使命、新聞工作的價值之所在。根據她個人的經驗，成就現今專業地位和高的薪資待遇，也源自於對跑新聞、挖掘真實的專業路徑。因此，即便受訪者S已經是明星主播，她仍然維持著跑新聞的習慣，她更認為災難新聞是考驗和展現新聞工作者專業、價值的關鍵時機。

（三）主播不能光會讀稿

在一般新聞產製模式裡，新聞主播最基本的責任是依照SOT帶的新聞稿頭，在攝影鏡頭前對著前方的讀稿機唸、讀新聞稿頭，並引領觀眾繼續看新聞。然而當重大災難事件發生時，記者的工作不再以產製SOT帶為主。這時候主播也多了許多新聞連線、與前線記者問答的工作。這樣的工作內容不僅考驗新聞主播的臨場反應，更是檢視新聞主播的專業素養的最佳時機，受訪者S認為假使新聞主播具有深厚的新聞現場、跑新聞的經驗，那麼其表現會優於一般主播。

譬如說有的時候我們在主播台上，你在災難現場我在主播台上，我跟你連線，我要Q你要A，那個QA你就可以看得

出來這個主播有沒有經驗,就是說那個主播到底有沒有待過現場,她到底知不知道現場會發生什麼事情?她會不會自己在主播台上問了一些很白癡的問題?這個就看得出來了(受訪者S,2013/12/13)。

進一步有受訪者提出不同反思,如受訪者C便認為「主播不能只是讀稿機」,他認為主播要能夠維持自己在新聞圈的地位,不僅要有跑新聞的實力和經驗。當在進行災難新聞的播報工作時,主播還要能夠快速調整自己的播報方式,也就是思考怎麼在主播台上,以最適合的方式來呈現整節的新聞內容。受訪者C在九二一時開始擔任主播,在八八風災時他已經負責該台重要時段的播報工作,他便提到當時的播報經驗和想法:

像八八風災,如果是災情剛發生不久的時候,進來的時侯,⋯⋯別的主播可能(從耳機)聽到導播講,啊現在連接什麼地方,或現在播雲林那地方,然後雲林播完你可能要播什麼地方。我的話我幾乎每一條新聞回來,我都會在旁邊筆記,我會記下,(然後在報新聞的時候,會說)「我們剛剛SNG連台中,現在到了台南,然後進完到墾丁。觀眾朋友,再度為您整理大約在五分鐘之前我們收到來自於颱風的最新消息累積到六百公厘的雨量已經造成全,⋯⋯因為累積到現在八百多公厘,多了兩百多公釐雨量,台南會有什麼災情,我們請記者告訴你(受訪者C,2013/11/08)。

受訪者C認為，一個好的主播必須能夠讓觀眾更清楚掌握整節新聞報導的內容。特別是在八八風災期間，新聞報導會大量使用各個災區的現場連線，新聞流程無法有效預先排定。在這樣情況下，他在主播台上播報新聞的方式有所調整，不再針對讀稿機唸稿頭，而是隨時整理新聞連線的概況。在各連線報導之間，他會利用20到30秒的時間，為觀眾整理已播過的災情概況。他之所以會改採這樣的播報方式，主要是建立在對現代電視新聞觀眾的收視習慣的體察。

　　因為在多新聞頻道競爭的時代，觀眾手中握有選台器，也有不少人會習慣性地以轉台來關心災情。換言之，觀眾很少會針對一台看完一整節的新聞，因為多數人通常是從新聞時段的中間穿插著看，這時候便可能面臨到，不了解已經報導過的某些區域災情。在反思新聞台的市場競爭結構和閱聽眾觀看新聞的習慣和需要後，受訪者C認為主播必須要能夠在新聞轉場時，主動整理出災情新聞內容的梗概，如此才能有效協助觀眾更順利掌握災情資訊。

　　綜合上述，有關新聞主播如何產生，跟主播的地位以及在新聞產製過程所應該扮演的角色息息相關。誠如第二章所回顧的，在老三台或者有線電視剛剛合法化的時候，都曾經發生過搶人大戰，其中又以高薪挖角知名主播最為人所知。正是因為當時許多主播都被視為是收視率的保證，而收視率保障往往建立在主播專業能力所形成的公信力，使得電視主播在電視圈會享有更高的職業地位，經常成為新聞工作的代表。也正因為如此，儘管新聞記者在新聞職業文化中，被期勉是無冕王，圈內、外都賦予記者高度的專業期望。然而歸納本次多位新聞工作者的訪談經驗可以發現，各類新聞工作者普遍都認為，電視新聞圈內許多記者的職業

目標往往是希望能夠「坐上主播台」。這是因為新聞主播是享有專業象徵地位、高薪資酬賞與代表性的人物,「很多人是這個樣子,他一心一意就是要當主播嘛!他覺得在電視台工作,就,主播才是一等嘛(受訪者Y,2014/02/17)!」

當新聞圈瀰漫著多數人都想當主播的氣氛時,主播便成為人人想要爭取的「職位」。而要達到主播這個位子,外貌端莊、姣好是基本條件,過去經驗可以歸納一些原則,諸如在採訪工作上盡可能在新聞鏡頭前面表現自己,贏得口碑和給長官好印象,就可能贏得當上主播的機會(劉昌德,2012,頁84-85)。至於記者究竟如何晉升主播一職,怎麼扮演好主播的角色,仍然是行業內缺乏確定性的神祕知識(敖國珠,2010)。

本書認為災難新聞工作者追求職業成就有其多面向,整體而言與一般文化產業的文化勞動具有相近的特質,內含強烈的市場不確定性(林富美,2006)。在新聞產製的不同職業角色之中,主播是行內追求的職位。假如專業路徑能夠成為記者登上主播台會採取的文化腳本,那麼第一線記者對於自我表現的想像,便會是相信主播代表新聞公信力,在實作上便會朝著「做好記者、跑好新聞才有機會當上主播」前進。這樣的職業想像也會具體形成一種專業化的機制,有助於集體的新聞產製更加貼近專業;相對地,當許多想當主播的新聞記者採取的是低成本、走捷徑的路徑,同時想像新聞部高層主管和媒體老闆的喜好,是贏得新聞收視率,那麼他們便會相信以打扮入時、長相甜美上鏡頭,或者以富戲劇邏輯的方式演出新聞是一個可能成功的路徑。

從本次研究資料可以發現,記者對於能否當上主播的想像,多以創造收視率而不是建立公信力來作為職業追求的想像。那麼

在這樣的新聞產製文化中,也就逐漸形成了一種收視率勝過新聞專業的價值追求,使得記者的新聞文化勞動不再以「跑新聞」為第一要務。相反的,「做新聞、演新聞然後當主播」成為一種新職場文化,擔任主管多年的受訪者I證實這樣的現象,根據他觀察,他認為這個職場文化的出現,這正反映臺灣新聞台過多、惡性競爭的行業生態,造就了記者開始用最廉價、低成本的方式往主播一職前進,不但使主播地位失去往昔的價值,也導致了新聞產製不在成為一種集體追求客觀價值的文化實作。但根據本論文歸納分析八八風災時擔任主播工作的經驗和反思發現,多位認為從新聞事實辨認完整的資訊,同時能夠統合資訊提供具公信力的新聞,才是值得稱許、具專業地位的主播形成路徑。

六、小結

本章以八八風災電視新聞產製為研究個案,分析各類電視新聞工作者在新聞專業闡述、災難新聞實作經驗。研究發現,不同的新聞工作者在新聞產製過程占據不同的結構位置,不論是跑新聞、新聞編輯、新聞管理、層層守門以及新聞播出,各環節的新聞工作都面臨高度的不確定性。這樣的結果也反映了過去研究所指出的災難新聞工作特性,以至於不能再仰賴例行常規(蘇蘅,2000;Soodm, Stockdale & Rogers, 1987;Quarantelli, 2002),進而當按部就班地制度性實作不再適用,確實也迫使各類新聞工作者形成種種的反身性思考(Giddens, 1991; Emirbayer & Mische, 1998; Niblock, 2007; Usher, 2009)。不確定性影響新聞產製品質的問題,不僅表現在各職位角色位置的工作經驗,更表現在新聞

產製流程中職務位置的新聞從業相互合作方式的不確定性。本文認為，這種災難新聞產製流程的不確定，體現的是新聞機構的不確定性。過去研究早已指出，由於當代電子新聞產業進入到惡性競爭的產業環境，惡性競爭的新聞產製文化讓媒體機構充斥著收視率競爭和運用傳播科技追求速度，使得新聞產製走向品質不確定性（唐士哲，2005）。進一步，到了災難新聞產製過程，更激烈的競爭邏輯和拚命追求速度的產製文化，所形成的媒體機構不確定，一方面帶來新聞工作者更多的壓力與更不和諧的合作，種種追求不同新聞價值的產製邏輯，也因為不確定性而使不同位置的工作者有了不同的體認和反思，形成不同類型的行動者。

採取反身性概念分析重大自然新聞產製的文化實作，本論文研究發現新聞工作者多會對其當下處境和新聞對象形成重新的理解和詮釋，同時再確認自身在新聞產製過程中的角色認同以及應有的新聞專業職能，藉此擬定出一個文化腳本，嘗試做出因時制宜的新聞實作。

進一步歸納各類新聞工作者有關重大災難新聞的產製經驗，概略體現兩個面向的反思面向。第一個面向是表現對專業認同的反思，也就是新聞工作者往往會回歸新聞工作的職責、社會角色和專業立場來進行反思。從本章的研究分析可以發現，重大災難新聞工作者的種種反思，概略可以區分為兩種思考方向，第一種思考方向是認為災難新聞產製工作應該回歸社會責任，體現的是專業導向的理念價值；第二種思考方向則是反映出商業利益的追求，其中類小丑現象或者不獨漏，以新聞收視率作為習慣性地新聞產製運作等等作為，便體現這類思考方向。

第二個面向則是表現在應用行動方案的抉擇，根據本書的經

驗資料分析可以進一步歸納發現，當各類新聞工作者在災難新聞產製過程中被迫要面對種種的不確定性時，其因應情境所做出的行動抉擇，就專業意涵上則可以區分為兩種反思行動方向：第一個方向是追求公信的方向，也就是認為新聞報導應該盡可能創造新聞本身的可信度，如此才能夠讓新聞發揮應有的功能；第二種反思行動方向則是為求取自我利益，也就是新聞工作者往往會更加關注自身的權益和利益。

　　本章認為，社會責任或商業利益這樣的職業勞動反思，以及面對不確定性所反思的行動方向，可以被視為是概念光譜的兩端並且彼此相互關連。如此才能夠形成可能得文化實作腳本，讓新聞工作者在面臨災難情境時形成種種的因應行動。

第五章
三一一大地震新聞工作的經驗反思與記者安全構思

一、導言

> 然後那個國小可能一百多人死了八十幾個，……然後小朋友的書包就一整排排在海堤邊，……你在現場，就媽媽在你後面哭，然後小朋友的書包就排在旁邊，那個心情上……很感傷……跟記者說回來後心理要重建一下（B-1，2011/06/22焦點座談錄音逐字稿）。

2011年3月11日日本東北地區發生了芮氏規模九的強震，日本瞬間成為舉世矚目的重大災難現場。日本東北遭受到嚴重破壞，特別是宮城、岩手、福島、茨城等四縣，出現大規模傷亡。根據日本官方當時的統計，累計有15,840人死亡、3,607人失蹤、5,951人受傷，官方統計財物損失更高達16兆9千億日圓（柯孝勳等，2011年3月；徐淑惠、蘇崇豪，2011年12月；松岡東香、木下知己，2012）。[1]

---

[1] 柯孝勳、黃明偉、吳子修、吳秉儒、柯明淳、劉淑燕、陳秋雲、蘇昭郎、鄧敏政、莊明仁、張芝苓（2011年3月）。〈特刊-20110311日本宮城外海地震分析評估摘要〉，《災害防救電子報》。網路取自 https://www.ncdr.nat.gov.tw/UploadFile/Newsletter/20151008101646.pdf

自從日本爆發三一一大地震後，在臺灣的新聞媒體，便開始密集播報這場重大災難。假如我們還記得，新聞媒體上，當時可以反覆看到的是許許多多宛如災難電影場景的災難畫面，包括地震所造成的地動山搖，各種建築的殘破畫面、火災，隨後是因為地震所引發的海嘯畫面曝光。臺灣的新聞媒體，在一段不算短的時間內，反覆、不斷放送著大海嘯淹沒的漁村、公路上移動的車輛的畫面。在相近的時間點，福島核能電廠因為地震和海嘯而發生設備故障、停電，導致核能事故。因此電視新聞開始頻繁播送福島核電廠的爆炸、輻射外洩的新聞。究竟是天災還是人禍，也開始成為這段時間的新聞話題。一時報導焦點也集中在日本東京電力公司和日本政府如何解除這一場核能危機。原本被新聞媒體稱之為2011年東北大地震，在這個過程，逐漸被改以三一一複合式災難稱呼。新聞故事隨著災情不斷演變，救災的故事，獲救的故事，災民安靜等待救援的畫面。許許多多新聞故事不斷滾動。

　　這些有關這場重大災難的新聞畫面、故事、資訊和報導，不僅來自於日本媒體，還包括來自世界各地的記者。因為新聞工作者前往災區，在前線進行報導，所以我們看到了許許多多災區的新聞。三一一複合式災難，毫無疑問屬於重大災難等級，因此往往是媒體視為最重要的新聞報導焦點。我們可以看到當時全球各大媒體投入大批人力與物力採訪報導，這一場災難報導，臺灣新聞工作者也同樣不缺席，就在災情不明的情況下，第一時間就有人前往日本災區，為臺灣帶回最前線的第一手新聞故事。

　　導言開頭的引述，即是一名當時被派往日本的臺灣新聞工作者的經驗談。因為前往災區，但卻沒做好行前的準備，包括必要的防災裝備和知識訓練，包括需要具備的心理準備。這導致好

不容易前往災區現場的記者,可能無法做出具品質的災難新聞。事實上,在三一一大地震發生後不久,國內新聞傳播學者許瓊文(2011年3月14日)立刻提出她對於國內有關三一一報導的新聞分析和觀察。她指出國內相關報導最顯著的問題,包括使用配樂引起閱聽眾情緒反應、剪輯各式可怕海嘯來襲畫面傳遞恐怖氛圍、地震與超級月亮及風水的關係等。

另一方面,在沒有準備好的情況下,勇往挺進災區做新聞,也可能對於記者本身造成諸多傷害。如同開頭引言的這位記者的經驗,對於災區所看到的一個又一個比以往經歷還要巨大、深刻的災情,記者在做新聞的同時很容易遭受衝擊,因此陷入情感負擔。甚至是因災難報導工作而產生了心理創傷。

誠如過去研究所指出的,每當災難爆發,記者為了盡自己的天職,積極在第一時間就投入新聞現場。然而在這樣的職業慣性和職業文化之中,卻常常忽略了災難新聞產製的勞動過程,常常是使得自己置身於危險境地中(Sykes & Green, 2003; Tait, 2007; Edwards, 2010; Buchanan & Keats, 2011)。過去臺灣新聞圈曾因為2004年台視攝影記者於納坦颱風採訪工作時,不慎落水殉職。當時台灣記者協會便提出「平宗正條款」,要求新聞媒體能夠針對記者採訪安全進行保障。這樣的災難新聞應具有機構保障的安全採訪的倫理,在歷經數年後,仍然在三一一複合式災難的新聞採訪工作,持續出現。前述的矛盾如何發生?又怎麼改善?本章將聚焦在一個基本的研究問題上,也就是:究竟記者進行這場重大災難新聞工作的勞動過程,怎麼兼顧新聞採訪倫理,以及維護自身的身心安危?

二、記者安全的能與不能

> 臺灣看到核電廠爆炸新聞,不願意讓記者去擔這個責任(危險),而且記者出了事公司就是有這個責任(A-2,2011/05/10團體訪談紀錄)。

三一一大地震發生當天,臺灣許多新聞媒體便在第一時間,緊急調派記者前往災區。如過去研究所顯示,災區新聞工作的調派,總以「搶快」動員優先於安全準備工作。這種搶快搶時的採訪動員,也往往容易造成記者的新聞工作增添危機和不安全(Quarantelli, 2002; Duhe', 2008)。

然而,或許因為三一一大地震很快就演變成複合式災難,餘震、海嘯和隨後的核能災害問題,使得臺灣新聞媒體公司的主管察覺到超乎想像的危險。因此,本書的幾次焦點團體訪談之中,幾位任職不同公司的新聞工作者,他們都共同表達,他們的主管確實將前線採訪工作安全視為是災難新聞採訪重要的一環。特別是當福島核電廠爆炸後,許多新聞媒體面對核災風險,這是國內新聞工作者從來沒有經歷過的災害類型,因此許多媒體主管多傾向安全優先。因此,在日本官方還沒有正式對外公布核災狀況和範圍時,就因為擔心記者會受到輻射傷害,立刻要求前線記者撤退。

> 要去也是公司決定要去,要撤也是公司決定一定要撤。去,當然是因為日本跟臺灣關係親近,大家認為這麼大的災害應該派人去;要回來,我想是那一天幾乎所有同業都

在那一天被通知要回來,起因就是臺灣看到核電廠爆炸新聞(A-2,2011/05/10團體訪談紀錄)。

關注記者安全,不僅是因為對於看不見的輻射安全。面對物理性的危險,當時也受到關注。受訪者B-2在電視新聞台擔任日文編譯,協助記者進行災區採訪工作。當時他們一行人被指派到臨海的災區進行採訪,準備採訪海嘯後的災區新聞。然而就在好不容易抵達災區後,因為主管顧慮餘震會再度引發海嘯,而建議新聞工作團隊不要去海邊。「叫我去採訪海嘯侵襲的災區,你叫我不要去海邊,我要怎麼做?⋯⋯到下午我的長官就跟我講說先不要去,因為不斷地有餘震(B-2,2011/06/22團體訪談錄紀錄)。」

然而若進一步分析,前述的新聞工作者的經驗,即便新聞媒體或新聞主管已經有風險意識,也認知到記者安全的重要性。大部分新聞工作者在前往災區之前,仍然是缺乏勤前教育,以及有攜帶裝備不足的問題。缺乏勤前教育也表現在,進行災難新聞工作之中,未能有充足的意識、安全知識訓練,以此來對自己進行保護。特別是本書發現,在福島核災爆發後,仍有部分媒體重新派遣新聞工作者前往災區。災後採訪工作準備,雖然攜帶了碘片、防護衣、護目鏡、口罩等等為防範輻射問題而準備的裝備。然而設備的使用時機和相關風險的應處,諸多記者仍然缺乏足夠的認知。根據受訪者A-1在輻射災區採訪的經驗敘事,他就提到因為看到災民並沒有人穿戴防護裝備,因此他當時抱持著「那就跟他拚了」的心態,進行災難新聞採訪工作。

另一名電視新聞主播,在公開的演講分享她在災後前往被劃

定核災範圍的現場進行新聞採訪。演講中她特別提到，新聞工作團隊一行人雖有攜帶輻射檢測器，隨著採訪車越靠近災區，檢測器警報反應越劇烈。然而她仍然決定要完成新聞採訪工作。這段經歷也同樣反映出了不顧安全拚新聞的態度。值得一提的是，新聞工作並不是一種單槍匹馬能夠完成的工作，而是需要依靠團隊的分工，即便是平面新聞也依賴搭擋的合作，更何況是電視新聞所需要的人力更高。則「忽略安全拚新聞」的決定，不僅危害到自己，事實上也未顧及新聞工作同僚的安危。

整體而言，歸納三一一複合式災難新聞工作經驗的敘事可以發現，即便記者安全已經逐漸受到新聞媒體的關注，然而表現在災難新聞前線的記者們，記者安全如何成為新聞工作的重要一環？怎麼讓記者安全的內涵成為新聞專業內涵？事實上，都尚未有充足的認識。本章認為，前述的災難新聞工作經驗敘事，較多是再一次反映出災難新聞研究過去所提到的現象，也就是「新聞第一、安全第二」的邏輯（Witschge & Nygren, 2009; Quarantelli, 2002），這顯示出記者安全意識仍然不足。如何將這樣的災難新聞產製邏輯轉向「安全第一、新聞第二」，則有待透過反思，建立災難新聞勞動知識、新聞專業的新思考架構。

三、災難新聞採訪與倫理反思

> 因為我們必須要知道故事，我們很要求故事這種東西，所以我們就要去問他發生什麼事，有沒有誰過世，然後怎麼樣災後什麼重建情形，所以就很怕會問到他們就是⋯去碰到他們的痛⋯⋯有一個老人來，其實我只是訪問他的媳

婦，然後他在旁邊聽了就哭了，就忽然大哭，然後他媳婦也哭了，因為……那個媳婦的爸爸在海嘯的時候在洗澡，就直接被沖走，來不及走，……所以就是很怕會觸動他們這個。對啊，在那個情況下自己不哭也很怪，就只好一起哭（A-1，2011/05/10焦點座談錄音逐字稿）。

由於日本與臺灣具備文化親近性，很多人都經常性的接觸和喜愛日本，因此當日本發生大地震時，許多新聞人便紛紛知道要盡快趕往災區進行報導。值得一提的是，過去臺灣災難新聞的習慣性操作，與日本媒體慣用冷靜、平穩口吻和客觀報導的形式，立刻形成極大的對照。特別是針對災民的採訪，涉及到採訪倫理問題，早在過去國內的災難採訪研究中就被提出。如許瓊文（2009）研究就指出了，臺灣災難新聞採訪，經常出現侵犯災民的方式，著重細節描述、故事化情節或者煽情報導的方式。因此不論是採訪的方式或者報導的方式，容易造成災民二次傷害。值得一提的是，歷經大大小小的災難報導檢討後，臺灣記者也逐漸對於災難新聞採訪倫理多了一些敏銳度以及更深層的反思。上述引文的受訪記者，他所屬的新聞媒體集團素來以追求商業化、腥羶色的報導為名，然而他特別提到所屬的同行長官並未要求採取挖掘災民受災細節或隱私的手法。不僅如此，當他在經歷過到日本進行三一一災難新聞採訪後，他也從這段採訪經驗體會到，新聞工作應該避免造成採訪對象的傷害，因為不論事災民或者罹難者家屬，正處於更加脆弱、易受害的狀態。因此對於自己當時的採訪，造成對方再次想起痛失家人的悲傷情緒，記者感到自責。這段經歷的闡述，事實上也反映出，國內災難採訪工作者對於自

身職業和新聞採訪工作上,已經將應該「維護災民身心權益」,視為是災難採訪專業的重要內涵。

倫理採訪的反思,不僅展現在文字記者。在有圖有真相、影像當道的新聞競爭文化之中,攝影記者的鏡頭,也往往被視為是一個高度涉及倫理的議題。受訪者B-1是一名文字記者兼主播,她的災難新聞現場的經驗豐富,因此她談到當時她感受到災區的悲傷氛圍,就選擇採取不獵奇、保護災民的心態,提醒攝影記者應該採取「尊重」的方式來完成新聞工作。因為B-1體認到「你自己也會知道他們失去非常多,不要去碰觸他們很傷痛的部分,……甚至是在拍攝的時候會避免,或糊焦就是不要讓他們曝光(B-1,2011/06/22焦點座談錄音逐字稿)。」

在同一段敘述中,記者談到,因為自從抵達災區,已經看到許許多多災民舉辦喪禮儀式。雖然這些災民及罹難者家屬對於記者的態度,並不是採取反抗、不接受拍攝的態度。但這名記者除了將採訪重心擺放在如何做好新聞之外,她同時將新聞如何造成災民的正面影響,發揮正面力量,納入新聞產製邏輯之中。「因為我們是希望他們重建的過程中,找到他們重建的力量,而不是說去剝開他們的傷口」(B-1,2011/06/22焦點座談錄音逐字稿),從這段經驗敘事可以看到記者表達出,在追求新聞價值和考量新聞採訪工作對於受害者的影響之間,記者多了更具同理心的災難採訪思考。因此,記者將她的新聞專業從新聞作品產製本身,擴及到採訪過程應有的倫理考量,除了不因為採訪工作造成採訪對象二次傷害之外,同理災民的處境成為一項核心新聞產製邏輯。因為這樣的邏輯,也使得記者對於災難新聞的製作有了更多公共服務的心態。進而開始思考:如何做出能幫助災民找到重

建力量的新聞？

　　進一步，上述記者的經驗反思，正反映了過去國內外的新聞工作者的看法，也就是認為，災難新聞專業的發展，不能單靠經驗的累積。更為重要的是，記者如何從一次次災難採訪的經驗中，反思災難新聞價值應該蘊含哪些元素？記者在災難新聞產製過程之中，應該扮演什麼樣的角色？透過一連串的反思，記者才能夠進一步發展災難報導工作的專業內涵。事實上，在三一一複合式災難之後，臺灣與日本的新聞媒體和研究團體，也開始相互交流，並且衍伸出諸多災難新聞議題的討論。其中，由公視文化基金會所舉辦的「公視日本三一一的第一堂課」，邀請了臺灣和日本當時經歷過三一一的新聞採訪工作者，齊聚在臺北，共同分享採訪工作經驗。在席上，可以聽到許多的記者也都談到了，應該怎麼透過新聞和自己的新聞工作，幫助災區的民眾。而在各個具有三一一採訪經驗的記者經驗反思之中，如原本在NHK東京總部擔任記者的戶田有紀，應該是採取災區公共服務思考的代表者之一。在自覺災難報導工作不僅是一個單一事件的報導，因此申請轉調到NHK仙台支局，希望持續進行災區重建的報導工作（入江沙也可等，2012）。這位記者對於災難新聞工作的反思，正是將作為記者的角色和職責認定，不再侷限於做好單一新聞事件的採訪，或者完成這一個災難事件的新聞而已。

　　在經歷三一一災難新聞採訪工作後，本章歸納分析這群記者們的經驗敘事、新聞角色反思，得以獲一個研究發現，也就是記者自認為自己的角色，不再只是把災區故事做好。這群記者的經驗敘事更常環繞在：怎麼兼顧採訪倫理而做好新聞，以及重新定義新聞的作用。由此，思考點也轉向：新聞怎麼做好，才能夠幫

助災民重生對災區有益的新聞？

　　正如同戶田有紀的經驗分享，她認為自己不應該只是單一災難事件的新聞工作者而已。因為她認為這場重大災難在災後將會有持續性的問題，包括災民安置、災區重建等等，因而以具體行動申請調職。不再只是當一個「降落傘記者」，不想只因為災難事件，才採前往災區採訪。她選擇進入災區進行長時間的蹲點、參與和陪伴，用成為社區一分子的方式做新聞。這也使得災難新聞記者的角色認定，擴增到協助災區復原的社會服務範疇。

　　前述這些記者有關災難新聞工作的反思行動，與Usher（2009）的研究發現相呼應。以卡崔娜風災的新聞工作者作為研究對象，Usher研究發現，在這場重大災難的新聞工作，記者認知客觀性報導的重要性。然而在考量災區與災民的需要之下，他們選擇扮演倡議者的角色，也就是藉由新聞的影響力，幫助災區擺脫災難危機，更直接在新聞中報導災區的需要，鼓吹外界提供救災資源和協助（Usher, 2009）。值得反思的是，當記者思考自身能夠扮演更多的災區「公共服務」時，其如何兼顧好自身安危和社會責任？本章認為，應該透過「記者安全」的角度進行思考，建立更清楚的災難新聞產製行動框架。

四、建立記者安全的災難新聞產製行動指引

　　從三一一災難新聞採訪工作經驗和倫理反思的種種論述，我們可以發現，災難新聞工作實務者雖然已經具備安全意識。不論是從研究訪談或公開座談紀錄中，都可以聽到新聞媒體工作者面對外界的提問，也往往會表達記者安全是媒體企業的核心關注。

然而，當我們檢視本次三一一複合式災難新聞產製過程，仍然可以從新聞工作者的實際經驗和看法中發現，記者安全邏輯與既有的新聞搶快的邏輯，怎麼同時納入新聞工作實務中？怎麼做？如何落實？仍然是種種難題。

因此，本節將透過回顧國際發展的記者安全概念，結合討論前兩節有關三一一重大災難新聞勞動和倫理反思的經驗敘事，提出未來可供災難新聞工作參考的行動框架，以幫助災難新聞工作能夠朝向記者安全專業化前進。

記者安全的發展，源於1990年代世界各國記者的死亡人數增加，使得西方媒體組織注意到記者安全問題。各種跨國組織開始進行一系列倡議行動，並建立了新聞安全協會（News Security Group）。在新聞安全協會成立大會上，特別發表了新聞從業人員的安全信條，內容就是將記者安全的維護列為首要目標。企圖打破既有新聞價值觀，也就是凡事以新聞價值為優先的態度。這個安全信條內容，某種程度上是奠定了日後有關媒體組織與個人如何認知和實踐記者安全的原則，具體內容包括以下七點（Tait, 2007, pp. 439- 440）：

1. 安全是最高原則。
2. 危險的任務指派必須是出於自願的。
3. 在追求新聞報導過程中，未受到危險警告是不能接受的。
4. 記者可以要求雇主提供適合的訓練。
5. 為所有在危險區域工作者的新聞從業人員進行保險。
6. 媒體組織應該鼓勵從危險區域報導工作回來的新聞從業人員，多利用新聞組織所提供的心理諮詢服務。

7. 建議媒體組織應該一起合作，建立安全資訊的資料庫，並且彼此交換最新的安全評估資訊。

國際記者聯盟（the International Federation of Journalists, IFJ）和國際新聞安全協會（International News Safety Institute, INSI）則是兩個努力將記者安全提升到新聞專業內涵的國際機構。IFJ長年推動一系列的記者安全的概念，其核心論點是認為：記者安全是新聞專業的重要構面。因此，對於個別記者而言，記者專業不僅在於如何做好報導工作和完成新聞作品，更應該懂得如何安全報導（safe reporting）。而所謂的安全，則被定義為：不論是新聞組織和個別新聞從業人員都能夠預先判斷風險、懂得預先準備、觀察什麼事情即將發生並且知道如何反應（Mclintyre, 2003）。INSI建議新聞組織依循INSI的安全信條和專業倫理，並提供適當的訓練與安全裝備給予新聞從業人員，以持續發展安全計畫，使新聞從業人員都能夠具備安全報導的方法（INSI, 2006）。

前述幾個關鍵的記者安全論述，都嘗試建立記者安全第一的新新聞專業價值，並且批判過去以追求新聞為優先的從業價值觀。因此，所謂記者安全的新聞專業，首先是針對新聞組織，不應該在記者不了解採訪風險、未經妥善的訓練情況下，就讓他們赴危險區域進行新聞工作。反過來說，一旦新聞工作是在危險情境中進行，那麼記者就需要獲得妥善訓練、保險、諮詢服務。新聞媒體也應該採取自願採訪的方式進行人員動員，同時也應該進行在地媒體如何落實記者安全工作的討論（Saul, 2009）。特別是提升記者在危急和具風險的情境中進行報導的專業知識與能

力，有待被重視和發展（Sorribes & Rovira, 2011）。

因此，若從記者安全的新聞專業發展脈絡，反思三一一這樣的複合型災難，面對複合的風險，記者如何進行辨認、管理和因應？本書歸納新聞工作者的實際經驗和國內外相關的安全建議，依新聞產製過程的不同階段，建立一個以記者安全為核心，並能兼顧新聞專業與採訪倫理的「災難新聞工作行動框架」。

（一）前進災區的行前準備

從本書訪談資料可發現，國內重要的廣電媒體、平面媒體組織主管及新聞工作者，特別關注到採訪報導的事前風險評估。整體而言，記者是否應該接受災難採訪工作，事前風險評估可區分對組織及對個人這兩個面向的評估，包括（C-1，2011/06/28；D-1，2011/08/03；入江沙也可等，2012）：

1. 對新聞媒體組織的評估：包括（1）新聞媒體組織是否提供能滿足採訪需要的安全裝備；（2）新聞媒體組織是否提供充足的醫療與保險給付；（3）新聞媒體組織是否提供充足的採訪團隊人力及能力等。
2. 對自我能力的評估：（1）是否具備充足的語言能力進行災區現場的採訪；（2）是否具備相關採訪經驗以及資歷；（3）個性是否夠開朗；（4）家人是否能夠被說明和支持這樣採訪工作等。

此外，這次國內參與三一一報導的新聞工作者，針對災難前的準備，大抵強調物資裝備的重要性，包括個人物資裝備（如雨衣、乾糧、飲用水等）、急救裝備（如救難包、簡單的醫藥裝備等、因應災難的社會情境所需準備的採訪工具等），亦有新聞工

作者強調心理衛生健康的防護，同時具體建議，應該攜帶能夠增加安全感的物品（如平安符等）（A-2，2011/05/10團體訪談；C-1，2011/06/28；入江沙也可等，2012）。國內新聞傳播研究者針對三一一事件，便認為透過裝備與妥善的事前訓練工作，同時能夠增進記者災難報導的應變能力，加強其生理和心理的防護能力（許瓊文，2011年3月16日）。綜合而論，物質裝備、知識訓練與身心防護亦有相當的連結關係。

（二）進入災區的安全關懷

有關災難現場進行採訪因應的注意事項，包括：（1）具備緊急應變措施；（2）進行採訪工作時，遇到餘震時應該處在安全空曠的地點；（3）派赴災區應該注意現場安全問題、交通安全；（4）備妥急難包配備以隨時進行自我簡單傷痛治療；（5）完備的隨身物品；（6）注意受訪災民是否具備災後創傷症候群也應避免自己因為工作出現類似的心理問題，若有則要適時設法排解或尋求專業管道協助。以上這些注意事項反映出，維護災難記者現場的身心安全，仰賴的是安全的勞動知識、充足的物資裝備和新聞組織形成有效的組織合作和機制措施等三個面向。

從此次參與三一一採訪報導的記者經驗資料，可以發現許多媒體公司在臺灣新聞室設有負責與前線記者聯繫的專門人員，同時會要求前線記者每日定期與新聞室進行聯繫，除了回報採訪規劃、進度之外，還包括確認採訪團隊的人身安全問題，一名電視台編譯還特別提及，一旦聯繫時新聞室認為採訪內容涉及記者安全問題，會以安全為優先考量而要求記者放棄該項採訪工作。國內某大報雖然為記者備妥採訪和防護必備的物資，然而仍以安

全為上,要求記者撤離宮城縣,「公司也很矛盾,他叫我們不要去,可是又準備那些東西……」(A-1,2011/05/10)。

相對的,由於災區喪失正常的社會功能,特別是許多資訊不完整,提升了記者勞動的危險性。受訪者C-1在國內知名報社擔任總編輯,三一一災難期間他帶領同事前往日本採訪後,其回顧自己在災難採訪過程和事後的反省,「(新聞室)後勤做得不錯,會提供資訊,定時由專人與日本當地記者連繫」(C-1,2011/06/28),這些資訊包括隨時提供災區完整、確切的交通狀況、天氣狀況、災情進度以及所需物資的狀況,同時採訪行程採取彈性可變動的安排,以確保前線記者遇到突發狀況能夠隨時應變,到比較能夠確保記者安全的地點繼續進行災區採訪的工作。這說明了新聞組織建立災難採訪情資和溝通協作制度的重要性。而在災難現場進行採訪工作時,既有相關的制度和手冊強調現場記者工作進行中須實際注意、避免危險發生的事件,包括注意警覺現場災民可能的危險舉動,例如強奪(BBC, 2009)、災區具有的危險因素,包括會造成觸電的電線、泥濘的道路、受損的建築物、海嘯警戒的濱海道路,避免前往受到核能汙染的災區區域(A-1、A-2,2011/05/10)、災民面對採訪可能引發的強烈情緒反應(B-1,2011/06/22),或制止採訪的激烈行為(B-2,2011/06/22)。因此,記者應該盡量避免造成因為投入採訪工作而讓自己、同伴或受訪者面臨身心的危害。遇到需要緊急逃難時,也應該毫不遲疑地運用既有的採訪經驗與知識,迅速判斷、採取最適合的逃難方式,如三一一當日於福島進行新聞採訪工作東北放送記者武田弘克,當時發現河川的水被抽乾,武田立即判斷將會有大海嘯發生,一開始便趕緊搭乘計程車逃離,後又發現

到公路塞車便立即與計程車司機一同棄車逃命，同時找到適當的方式一邊逃難、一邊記錄現場，展現出一個高度的風險應變勞動經驗（入江沙也可等，2012）。

擔任電視國際新聞主管的受訪者D-1則提到，新聞採訪工作如何透過團隊的相互照應，來維持新聞工作人員在災區現場的安全。由於攝影師往往專注於現場拍攝也容易忽略周邊可能的危險，因此文字記者便需負責維護攝影師的採訪安全（D-1，2011/08/03）。另有記者在受訪時提到，因為採訪過程中同事受傷，其他人便協助攜帶他的裝備、物品（B-1，2011/06/22），上述說明了，國內平面與電視媒體在實際的災難採訪經驗中，正體現IFJ〈採訪自然災禍——地震〉所強調的，新聞記者與同儕一起採訪需互相照應的倫理準則。

歸納上述的經驗，三一一災難採訪報導的新聞工作者強調，記者除了必須具備採訪經驗、裝備還有知識外，災難現場的採訪則更強調保持和察覺危機的意識能力，以及透過採訪團隊和新聞室進行團隊協作，以此來決定和判斷如何兼顧新聞工作和勞動者的身心安全的兩廂平衡。再者，記者不僅是依循常規的勞動者，在災難現場他們因為面臨勞動風險的增加，不僅提高危機感，更會反省新聞工作的重要性，以及自己如何在新聞常規不適用於災難情境的狀況下，援引更多外在新知和團隊協作，來增加災難採訪的專業內涵。

（三）進入災區的現場採訪工作

本書透過數次焦點團體訪問與業者訪談——參與人員包括此次實地赴日本採訪之報社與電視記者、輻射醫學專家，及媒體主

管等——獲得寶貴的第一手資料;同時蒐集國內外各項相關要點和論壇討論。有關安全的災難採訪報導,整體而言可歸納為兩個面向:安全的採訪以及安全的報導。

　　首先,對於災區現場記者而言,如何進行災區現場採訪報導,是一項核心的新聞工作。對記者而言,必須了解自身可能面臨的問題,以及如何在災難採訪現場中因應各種可能遭遇的危險。以下進行逐點說明:

1. 在災區應該先訪問誰?

　　國內媒體記者此次三一一的採訪經驗,表示女性老年人比較容易接受訪問,另外可以尋找在當地留學的學生或者臺灣移民,透過他們的經歷來進行災區的採訪報導(A-1、A-2,2011/05/10;B-2,2011/06/22),須注意的是,應該避免對特定人士進行採訪,恐怕會造成其精神壓力與負擔(日本記者壓力研究會);

2. 訪問災民是否需要徵得他們事先同意?

　　有記者認為必須要在災民事先同意的情況下,才能夠進行採訪並詢問災情狀況(B-2,2011/06/22),在接觸時也應該體恤對方、保持敬意,甚至多花一些時間進行自我介紹並說明採訪要採訪的事項(日本記者壓力研究會);

3. 訪問災民要注意哪些事項?

　　有許多經驗資料談到諸多應注意事項,大抵強調,(1)行前先了解當地的宗教文化信仰,嘗試以此與災民進行連結並多傾聽災民的心聲,同時應避免急躁採訪,而要給受訪者及自己適當

的休息時間；（2）受訪者有權隨時中止採訪；（3）受訪者有權決定要怎麼回應記者、是否提供照片使用以及應該如何播出這段採訪內容；（4）以具同理心、簡單的方式提問；（5）不濫用同理心或者承諾超乎能力的事；（6）對災者在受訪時有的情緒反應有所準備；（7）夜晚休息時間有時可能是一個適當的採訪時機；（8）在採訪題材的選擇上，應該多關注災民需要那些物資和特別需求；（9）不要讓受災的民眾因為採訪工作而遭受二度傷害；（10）不應該突兀、片面地結束訪問，同時也應該留下彼此的聯絡方式，方便日後若需要進一步聯繫；（11）嘗試在採訪過程讓受訪者感受到，並不是採訪結束就算了，還會持續關心災民的生活（B-1，2011/06/22；入江沙也等，2012）。

4. 災民拒絕接受採訪或者對記者表示抗議時應該怎麼辦？

當受訪者有負面反應就應該表達尊重。如受訪者D強調，「基本上，不做侵入式採訪」，其他記者則認為最好由會日文的人進行採訪，此外災區當地某一類的人往往比較容易產生機動和情緒的反應，記者應該先行了解再進行受訪者的選擇（A-1、A-2，2011/05/10；B-1，2011/06/22）。

5. 於日本官方記者會應注意？

日本官方記者會往往對事情有所保留，甚至安排友好記者發問以拖過時間或避免尖銳問題，遇到刁鑽問題亦會藉口開脫。這時記者應該勇於傳遞不滿意的態度，並且對持續挖掘問題、不輕言放棄（入江沙也可等，2012）。

6. 在國外災區進行災區採訪報導,須注意哪些特殊因素?

在外國進行災難採訪時,當地往往對於進出災區或者進行災難採訪有特殊的證件規定。臺灣記者的經驗是,尋找到擁有通行證的旅行公司,藉由租用他們的車輛來獲得通行,「司機他們是第一批就進去的,那因為他們之前去東北採訪他們拿緊急通行證,所以那個車他貼在那個上面,那那個司機會日文又有緊急通行證,那我們就直接殺到東北去了」(A-12,011/05/10),此外在災區採訪也可以盡量訪問高層官員,讓其他下屬知道記者的採訪受到許可(E-1,2011/10/27)。

其次,針對災難事件應該採行什麼報導方式,不僅是單純的技術展現,尚關係到新聞記者如何反省和體認災難報導的重要性(Niblock, 2007; Usher, 2009)。過去過內的災難新聞研究反映出,災難新聞需要特有的專業倫理,也就是應該追求有益於災民避災、減災的資訊報導,另一方面在聯合國國際減災策略組織的推動下,新聞應該追求讓災民獲得更多有益於避險和災後恢復正常生活的論述,逐漸被視為是安全報導的重要國際論述(Leoni et al., 2011)。在具體的新聞勞動實作上,本書歸納三——災難報導的經驗發現,安全的報導涉及一連串問題及可注意的事項,整理如下:

1. 記者應該注意和採行哪些報導原則?

依照NHK(2011)有關災難報導的手冊指出:(1)播報緊急情報時,記者應該以簡潔易懂的原則進行採訪和新聞製作,以利於正確訊息的傳播和觀眾的理解,不應該隱匿資訊;(2)記

者在思考報導工作時,應該要盡力追求,使新聞有益於減少災民受災情況與避免造成社會混亂;(3)新聞工作者應該將受災情況,盡可能地迅速傳達出去,以協助相關行政機關、醫療機關,以及志工團體的救援行動;(4)有必要的話,記者應該對閱聽人發出各式各樣的警告及注意事項,提醒閱聽人開始採取避險的行動;此外,有研究者和日本新聞工作者針對三一一新聞工作,也認為(5)新聞報導應該關注災後災民的生活,包括如何使其平復災難所造成的負面情緒和心理創傷,同時也應該透過新聞資訊的提供,創造社會的信心、相信災區重建和災民能夠恢復正常生活等(許瓊文,2011/03/21;Nippon Communications Foundation, 2012/05/30;入江沙也可等,2012)。

2. 記者應該避免採用那些報導手法?

歸納參與本書焦點團體訪談和深度訪談的災難記者,多認為(1)新聞應該避免過度去描述災民的悲傷,以免造成災民觀看新聞產生二度傷害;(2)新聞應該善盡查證,同時避免不實消息造成社會混亂;(3)在新聞編輯上也應該避免訴諸感官新聞的處理,諸如要避免過度使用重新剪輯受災者新聞片段、採取催淚和感性的新聞筆調、配樂等,相對地新聞應該追求有益於救災和教育意義的新聞資訊(A-1、A-2,2011/05/10;B-1、B-2,2011/06/22;C-1,2011/06/28;D-1,2011/08/03;E-1,2011/10/27)。

3. 記者可以採用什麼樣具體的報導技巧?

擁有災難和意外事件報導工作經驗超過十年的資深記者,

提供具體的建議認為,新聞工作者在災區應該根據當時的報導目的、運用不同的報導技巧,包括(E-1,2011/10/27):

(1) 純紀錄片手法:表現出適當的新聞敘事邏輯,串成完整的災難故事,如果報導時間較長,應注意受訪者的表達能力,並盡量有多個地點的畫面。

(2) 普通新聞呈現:採用最簡單的記者旁白,加上受訪者訪問和相關畫面。

(3) 增加專家和動畫、圖卡比重的報導:平時就應事先規劃相關的學者,例如地震、海嘯、寒害、鹽害、沙塵暴之類的學者專家,災害發生時最好能邀請他們隨行到災區現場做直接的說明。用合理的動畫或專家訪問的方式,能夠幫助觀眾盡可能詳盡瞭解現場可能的狀況,但又不失真、誇大。

(四)災難採訪工作後的身心安全

傳統的新聞專業論述,往往強調記者完成採訪工作任務為優先,造就了新聞工作場域中記者強迫自己堅強、不示弱的英雄文化(Aldridge & Evetts, 2003; Duhe', 2008),也因此往往忽略了新聞記者也會因為目睹災難現場或感染災民的負面情緒,承受多重的工作壓力,引起心理創傷問題(許瓊文,2009;Tait, 2007;Edwards, 2010;Buchanan & Keats, 2011)。從本書所蒐集到的三——災難個案經驗中可以發現,包含日本和國內的災難採訪經驗都反映出災難採訪的勞動過程,形成記者高度的心理壓力。

首先有一些記者自災區採訪完畢,返家後開始發生失眠、無法忘記災區畫面的情況,回到臺灣進行新聞畫面後製剪輯時,情

緒仍無法控制、嚎啕大哭,「我跟我做帶子的記者,就是兩個人一邊看剪帶一邊坐在那邊哭,就是真的自己在那邊哭,因為你當下採訪的時候沒有痛苦,可是你自己回來看的時候才知道說,原來你經歷過這些事情」(B-1,2011/05/10)。

NHK記者戶田有紀有相同經驗,她認為這是因為災難採訪工作累積了許多壓力已經超乎心理能夠負荷的程度,因此尋求NHK公司提供的心理諮商的協助,並且與能了解自己災難採訪工作的同事、上司聊天,藉此釋放壓力是災難記者自我保護必要的做法(入江沙也等,2012)。

過去臺灣新聞自律委員會曾制定自律守則,強調記者在採訪重大災難過後,應該進行採訪後的心理諮商。如果記者發現自己出現了創傷壓力明顯症狀,這時記者就應該立即尋求公司協助、尋找專業的心理諮商(新聞自律執行綱要增修三章第四條「災難或意外事件」處理條文2)。然而究竟記者如何評估自我的心理是否受到創傷?過去國內缺乏關注。本書發現,過去IFJ因應2008年四川大地震所擬定的地震採訪注意事項,便採用香港心理學會所設計的情緒壓力測試,要求記者應該回想一個月內是否出現其所列出的情況,藉此可判斷是否尋求更進一步的心理諮商、協助。

此外,由於三一一災難事件涉及輻射外洩這項特殊的風險問題,因為輻射肉眼不可見,其對身體健康可能造成的傷害,難以一時判定。因應此一特殊狀況,國內專長於職業醫學和輻射生物的公衛學者,在焦點訪談中建議,記者從三一一災區返臺後,應該進行持續的健康檢查,讓專業的醫療人員來協助記者的健康安全(A-3,2011/05/10)。國內參與三一一災難報導工作的平面跟

電視新聞媒體的主管，根據其經驗，也認為應該讓前往災區採訪的新聞工作人員進行持續的健康檢查（C-1，2011/06/28；D-1，2011/08/03）。

在優先確定身心健康安全之後，不少國內外的新聞工作者認為需要回到新聞專業進行反思，如此才能建立更累積災難新聞專業。其中涉及到應該反省的幾個議題包括：自我檢討，想想當時哪些是沒做好的？應該如何做好工作？同時進一步認識災難報導工作的專業特質。

五、小結

晚近有研究開始注意，應該從記者所身處的危急和具風險的情境中，瞭解其如何進行報導，從由下而上的觀點，挖掘災難新聞工作者如何展開有效地風險應變行動策略（Saul, 2009; Sorribes & Rovira, 2011）。本書研究發現，建立具記者安全觀的災難新聞專業，正仰賴研究者透過了解災難記者的勞動脈絡、風險應對經驗，為下而上地累積專業知識，方能逐漸成形。

本章透過三一一複合式災難報導的經驗研究，了解到記者在災區所身處的風險情境，並分析其如何進行災難報導，以挖掘災難新聞工作者如何展開有效的風險應變行動策略。本書發現，日本三一一複合式災難具備複雜、多重的風險問題。不論是日本或國內的記者，在充滿不確定的勞動條件過程，以及面對各類風險的能知能力有限的狀況下，無法有效因應各類風險，以致於出現因為採訪工作而造成的身體傷害或心理壓力。因此，強調記者安全的新聞專業實作架構，正是重大災難新聞產製需要甚或必備

的生產邏輯。作為初探性研究，本章最後提出幾項研究限制和未來研究建議。首先，本書主旨、研究資料集中在新聞記者在三一一爆發後、搶救期之災難情境的報導經驗和事後反省，未來研究者可進一步拓展，探究在災難管理的不同階段，包括災難預防（prevention）、整備（preparedness）、應變（response）、復原（recovery）等，新聞媒體如何善盡其角色？如何發展災難新聞專業和倫理實踐？這部分已有新研究成果的出現（如林照真，2013）。其次，重大災難爆發時，災難管理者、政治權力者恐擔心被媒體咎責，進而出現某種程度之新聞管制措施，在三一一事件後檢討即發現這類情況——政治權力與災難採訪，如何作為一個災難新聞研究議題，是另一值得關注的面向；第三，新聞記者如何成就一個成功的災難新聞報導，尚涉及到不同的因素，諸如記者與消息來源和同業之間的網絡關係、記者的社會資本，會如何影響災難新聞，未來可進一步探究；第四，記者的安全維護研究，未來也可以多加參考既有的公共衛生管理和醫療管理等研究領域，透過跨學科的接引，累積更多元和豐沛的知識；最後是經驗資料集的問題，本書在理論層次上強調由下而上的災難知識建構，也就是透過捕捉行動者在情境中發生的結果以及主觀經驗，藉此歸納分析個中的意義和建立經驗知識。

第六章
結論

一、導言

　　臺灣電視新聞工作者在重大災難來臨時，毫無疑問是處在一個尷尬且矛盾的位置。以八八風災和三一一複合式災難的新聞產製作為兩個研究個案分析，本書發現不論是電視新聞工作者或者平面新聞工作者所身處的窘境，一方面新聞工作者被災難管理單位視為是重要的災難傳播產製者，特別是莫拉克颱風爆發豪雨災情時，行政院長即曾公開呼籲閣員「看電視救災」，以災難新聞取代失靈的災情通報系統；另一方面，災難新聞工作者卻又常淪為不專業的新聞製造者，因而可以看到社會各界對於新聞表現的批評聲浪，不僅批判電視上所呈現的災難新聞內容，更不時出現質疑電視新聞工作者專業地位的現象。

　　嘗試分析這樣的矛盾現象，以及了解個中的研究意涵。本書首先從理論觀點出發，本論文認為過去研究多立基於專業規範、常規理論的災難新聞研究，研究者從傳統、專業主義和制度面來探討新聞產業的結構運作，在分析解釋上恐有其限制，包括：首先是容易忽略新聞工作者面對常規結構所具有的自主性，因此無法發現新聞工作者在新聞產製過程究竟是如何做新聞，以及個中體現出什麼樣的職業認同和新聞價值追求；其次，常規理論展現

出一種具結構功能觀的專業主義論點，因此容易使研究者忽略了，隨重大災難所出現的不確定性，常讓新聞產製出現「去常規」的運作；最後，常規理論的研究觀點所關注的新聞產製的結構功能面的分析，亦難以協助研究者釐清新聞工作面對不確定性時所體現的專業反思和反身行動。

因此，本書採取回到新聞工作者的觀點，以災難新聞作為一種文化實作的分析取向，探索八八風災和三一一複合式災難的新聞產製，其中所蘊含的職業信念、價值、意義系統以及實務上被落實的知識技能。由此，本書得以重新發現新聞產製工作者如何做新聞，並藉此解釋為什麼重大災難新聞產製會偏離社會對新聞專業的期待。

本章區分四個部分進行總結與討論。第一部分針對三個研究問題進行回答，第二部分則總結本書的研究發現，第三和第四部分則是提出進一步的研究反思、建議以及相關議題的發展。

二、回應本書的三個研究問題

（一）重大自然災難新聞產製的文化結構

本論文第一個研究問題是，臺灣的災難新聞工作是鑲嵌在什麼社會文化脈絡之中？本書嘗試在第二章回應這個研究問題，透過歷史文獻回顧、經驗研究、親身訪談，分析、研究發現，早在1993年到1999年間，有線電視合法化加上解嚴後原本以政治為主導的結構力量驟減，此後市場力量逐漸增強，並隨後成為主導電視新聞產製文化的結構力量。反映在商業競爭模式的新聞產製文化，初期出現新聞自主、政治議題平衡報導等專業訴求，主要是

因為這樣的新聞專業正好成為純商業新聞台挑戰老三台的有力競爭訴求。電視新聞從業人員也開始強調以平衡報導、新聞自主為專業意識形態，這樣的職業認知適時地契合當時民眾對於客觀資訊的需求。因此訴求多元、平衡報導、尊重新聞自主、貼近事實的新聞產製文化，以追求獨家、事實報導、新聞求知、求新、求快成為集體的專業認同，造就了臺灣電視新聞產製文化史上短暫的新聞專業化過程。

進入到2000年以後，商業競爭加速、電視廣告市場萎縮的情況下，商業導向的新聞產製模式開始成為主流，使得電視新聞產製轉變為一種競逐收視率的文化實作。諷刺的是，這種受到市場力量主導所形成的去專業化表現，卻是建立在廣告市場日漸萎縮的經濟結構之中。從2000年的無線電視廣告量持續下滑，到了2003年有線電視廣告量衰退，電視新聞產製開始以競逐收視率為目的，但這樣的追求卻不再是競逐利潤大餅，而只剩下維持生計的市場小餅競爭。而各新聞台常見的求生存方式，是以各種逾越新聞倫理規範來進行，包括新聞同質化、新聞置入行銷、腥羶色的新聞產製方式等。收視率開始具體地成為每日新聞產製的主導邏輯，一面影響編採會議的討論，一面決定新聞的價值。當創造收視率成為新聞從業人員做新聞的主要目標，電視新聞工作也逐漸喪失一種志業和專業倫理。這也解釋了新聞業作為社會職業的想像，為何被認為是從公共領域這一端逐漸移向資訊娛樂商品的另一端。今日新聞業的存在價值被認為是偏離了公共領域的理想，而更傾向於娛樂、資訊的文化生產。

由此本書可以歸納兩點發現：第一個發現是，由商業結構的力量所引導、轉變的新聞產製規範，多被新聞職業工作者所遵

循，而少能見到明確的專業自主展現。因此，這也讓例行的新聞產製成為依循商業結構邏輯的文化實作；第二個發現是，臺灣電視新聞產製的實作知識多來自新聞工作場域上的實作學習，然而主導臺灣新聞產製模式在市場經濟力量逐漸居於主導，特別是進入1993年以後商業結構成為形塑臺灣新聞產製的主導力量，這促使身在結構之中的新聞工作者，普遍缺乏以客觀專業主義為導向的新聞產製文化實作經驗和知識。

（二）臺灣災難新聞產製的文化腳本

回應第二個研究問題：在重大災難新聞產製過程，新聞工作者怎麼理解、詮釋和實踐自身的災難新聞工作？又為何會採取特定的文化實作來因應？本書藉由質性資料分析電視新聞工作者的職業觀、產製情境以及處於災難風險情境下所形成的反思經驗、具體作為。在第三章中，本書具體歸納並得出研究發現，災難新聞產製過程中的各類新聞工作者，他們普遍經歷高度不確定性以及惡劣的勞動條件。在四章，本書則歸在重大災難新聞產製過程中的各類新聞工作者對於自身角色的認知、新聞價值的反省和對於各種災難新聞工作的意見。

透過第三、四章的經驗研究，有助於本書進一步歸納分析一項發現，也就是隨著災難不確定性導致新聞產製發生去常規化的現象，新聞工作者不再能夠倚賴既存的分工合作默契、自然而然的工作流程來完成新聞工作，使得「做新聞如同冒險患難」。當災難情境迫使各類新聞工作者必須要有更多的臨機反應，不僅考驗新聞工作者的工作技能、職業素養，更考驗著新聞工作者的應變能力。作為一種文化實作，新聞產製工作的完成是受到新聞工

作者所具備的反思能力以及可能獲取的文化資源而定。這些都關係到在臺灣電視新聞發展過程中，結構帶動行動所形成的實務知識的積累是什麼。

因此本書綜合分析發現，各類新聞工作者擬定新聞產製的文化腳本，主要取決於職業認同方向（社會責任或商業利益），以及反思行動方向（追求公信或者為自利）的影響。本文透過以新聞專業認同為橫軸，反思行動為縱軸，以此兩條軸線進行類型化的分析，可以分析發現既有的八種可能的災難新聞產製文化腳本：

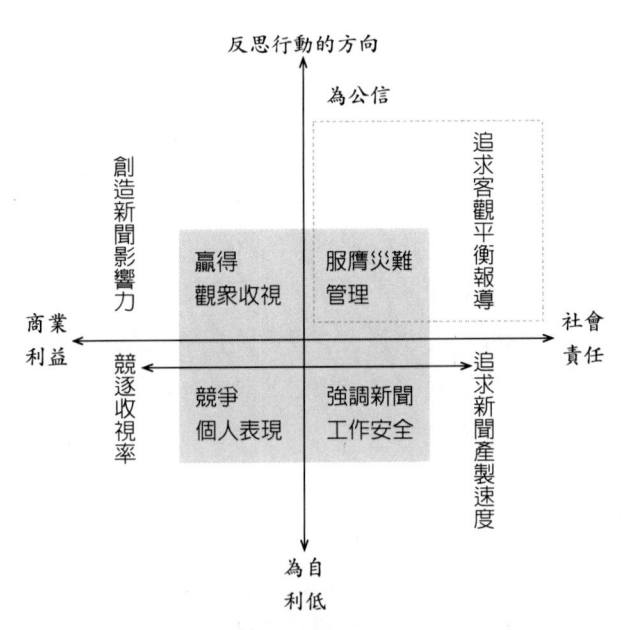

圖二：重大自然災難新聞產製文化腳本
資料來源：本書自繪

第一個象限的新聞產製工作者是以社會責任為新聞專業認同，其災難情境中的反思行動亦以追求公信為主。進一步依據反思行動程度，第一象限存在著兩種不同的新聞產製文化腳本。兩者差異在於，高度認同社會責任作為新聞專業，且在其反思行動高度追求公信者，集體實踐的產製文化不僅依循客觀主義原則以追求快速、正確地新聞事實來傳遞各地災情和救援的災難資訊傳播，新聞工作者也會在災難新聞產製過程中力求同理災民，並嘗試用新聞來為災民仗義執言、協助救援和監督政府。另一類文化腳本則會採取災難管理的角度，強調配合災難管理訴求，在面臨重大災難來襲當刻，以傳遞客觀災情為主。

　　相對於第一象限，在第四象限之中，雖然社會責任仍為新聞專業認同的方向，然而新聞工作者的反思行動以追求私利為主。高度追求私利的反思行動及高社會責任認同者，他們認為一切求快的資訊傳遞，就可以迅速幫助新聞災情的流通，創造災民被看見、被救援的機會。然而在此過程之中，新聞工作者缺乏對於災情全面性了解和自身處境安危的反思，以至於使新聞成為眾多災情資訊的一部分，而難以創造足夠的影響力，或者為了求快而缺少對災難事件正確和完整性的掌握。而中度私利導向的反思行動者，其在充滿不確定性而危及的災難時刻，則會更願意慢下來、花時間確認自身安全以及新聞內容的翔實度，但這類報導缺乏對於災難管理單位的詮釋、批評與監督。

　　圖的左半部為第二、三象限，則是以追求商業利益為職業認同目標。第二象限可以進一步區分高、中區，兩者最大的差異在於，面臨災難情境以追求公信為反思行動的新聞工作者，他們會選擇權宜地運用各類刺激閱聽眾收看的方式，以好看的新聞包裝

第六章　結論

重要的新聞議題,除了可以吸引閱聽眾目標贏得營收,更得以獲取新聞媒體在社會的影響力,藉此創造公眾和政府關注新聞所傳達的災難議題。

第三象限同樣是以商業利益為職業認同,在反思行動方向上以追求私利為主。而在此象限中,高度追求私利者會跟新聞、看報報導,並以小報化和煽情聳動的新聞手法來進行新聞產製,甚至不惜誇大、扭曲新聞事實,藉此追求收視率。相對地,當災難新聞工作者反思行動方向是中度私利導向的話,則是關注表現自我,諸如新聞記者就會更傾向以誇大方式表現新聞,編輯和新聞主管則關注做出好看的新聞,而非客觀、查證和事實確認。選擇這樣的文化腳本作為災難新聞工作實作方案,優先目標則在於求取個人在新聞組織內晉升地位、薪資酬賞的機會。

值得反思的是,雖然不同專業認同的追求和不同的反思行動方向,能夠構成八種臺灣災難新聞產製的可能文化腳本,然而就本書歸納分析八八風災的新聞產製經驗可以發現,第一象限的災難新聞產製兩個的文化腳本是缺乏被落實的,而僅是停留在理念層次,因為各類工作者普遍缺乏追求客觀平衡報導或者服膺災難管理的實作經驗。

這樣的研究發現呼應了,臺灣自1990年代後以商業導向為主的電視新聞產製文化,缺乏非商業新聞產製的文化實作知識。因此,不論是認同新聞工作目的是在滿足社會責任或者營私利益,電視工作者多以搶快為尚。當新聞工作者完成工作的目標是以搶快更勝於事實的時候,即便新聞工作者在訪談過程中多不否認社會責任對新聞業的重要性,然而在其反身實踐的經驗裡,卻少有見到認同重大災難新聞產製要以事實為優先的文化實作。

相對地,新聞從業人員對於職業的論述,話題仍多環繞在新聞對社會的影響力或者收視率的重要性之上。換言之,儘管Zelizer(2004)認為追求客觀事實是被新聞業奉為神詞一般的職業術語及認同,然而對臺灣電視新聞圈內人來說,卻是一種失落的職業信仰與技藝。

本書研究發現,正因為臺灣電視新聞工作者面在八八風災所可能施展的產製文化腳本,缺乏了追求客觀事實和服膺災難管理這兩項文化腳本。因此災難新聞產製文化的實作結果,也難以滿足社會和災難管理單位對於災難新聞的期待,因而造成了社會各界對於臺灣災難新聞的不滿與批判。這樣的發現,同時呼應了近年來臺灣電視新聞業逐漸喪失合法性地位的現象。

(三)建立記者安全觀的災難新聞專業

回應第三個研究問題:面對充滿不確定性的災難事件,新聞工作者應該如何透過災難情境因應經驗和事後的反省,建立累積更多災難新聞專業知識?從三一一複合式災難的臺日新聞工作者的經驗論述,演講和專業資料可以發現,三一一複合式災難內含了天災(地震、海嘯)、科技問題(核能科技)與人禍(電廠防護與管理、政治災難因應),這些構成複雜的危及記者安全之風險議題。在有限資源、充滿不確定的勞動條件下,新聞工作者投入此情境所遭遇的種種困難和應變之生成,都有助於本書在結論中,進一步批判性地反省現代新聞專業制度的不足。特別是面對越來越頻繁的風險、災難情境條件,不論是現代新聞倫理和以建置的新聞常規制度,均須更具記者安全觀的反思和文化實作,藉此也得出以下幾個新的思考轉型的方向:

1. **新聞工作者安全優先的價值觀**：在災難新聞採訪脈絡下，深具風險性的採訪情境，記者必須先懂得維護自己的安全，才能做好新聞。這樣的記者安全優先的新聞專業，也是突顯勞動者本位的新聞倫理；
2. **重視災難新聞採訪過程**：傳統新聞產製觀點，有結果論的傾象，強調新聞產出也忽略新聞生產的勞動過程和採訪過程。但在充滿不確定、風險的災難報導情境下，勞動者安全、災區受訪者人權、資訊取得的正當性等議題都應該被重視；
3. **重建「記者與受訪者的關係」**：過去的新聞觀點，傾向將新聞是為是報導者的產出結果，然而事實上新聞工作是一個高度依賴採訪對象的工作。特別是在災難採訪過程中，災民比起一般的受訪者更具有倫理上的特殊性，因此記者不應該將之單純是為是接受採訪的客體，而應該將之視為是一個主體。如此，記者與受訪者的關係，也能夠轉變為人與人的互助、互知的協作關係，如此，災難採訪過程和結果，也就能完成一個符合災難新聞倫理的新聞。
4. **建立同業的協作倫理**：從本章的研究中可以發現，災難新聞現場經常會出現依賴同業互助來共度危難的狀況。因此，有意識地建立協作優先、競爭其次的協作倫理，將能夠形成更具記者安全觀且彈性新聞產製與勞動。

三、結論發現：不確定性導致結構與能動的緊張關係

最後回到本書最一開始的問題意識：為什麼歷經多次重大災難，災難新聞總是反覆錯誤、不專業而不見改善？本書採取新聞

作為一種文化實作的分析途徑，因此不再將新聞產製過程視為是常規結構下的控制、管理過程，或者是專業主義的儀式化作為。如此也重新界定新聞產製的概念，將之視為是一種結構與情境中的新聞產製文化實作。由此，透過第二到五章的研究可以發現，新聞工作者在進入新聞圈後開啟了做中學的歷程。在習得如何從職場現實中完成新聞工作的歷程，新聞從業人員累積行內的知識和技能，同時也形成務實的職業想像，以此認知新聞價值並建構出如何完成新聞產製的共識原則。換言之，電視新聞人做新聞的方式，同時反映了新聞產製所對應的社會結構，以及集體的文化實作內涵。在非災難時刻，新聞產製的社會文化實作也正是透過常規的中介，讓新聞工作者能夠在例行的新聞產製中穩定分工，在一種共識和共享的象徵系統下實踐他們的新聞工作，最終展現出符合新聞職業想像的工作表現。

然而本書也發現，在重大災難時刻，新聞產製歷程會發生「去常規化」的現象，如此也促使新聞產製過程的結構力量產生鬆動，使新聞產製工作轉而成為一種極具反身性的產製文化實作歷程。這就意味著，既有的新聞產製流程會受到災難所伴隨而生的不確定性影響，因而發生變動。這也迫使新聞工作者無法依賴「習以為常的新聞產製」方式，包括被迫放棄慣性的協作，對於理所當然的知識和技能運用也開始質疑，轉而形成更多臨機應變，以形成權宜之計。而這樣的權宜之計是透過反思專業理想和新聞工作者的自我行動抉擇，以彈性的方式組合既有的文化要件、行內知識，隨機拼湊出最終的文化腳本。

因此就八八風災的個案分析來看，本書研究發現：在災難新聞的產製歷程中，新聞工作者以機動性、具反身性方式進行文化

工具的取用，藉此完成因應不確定情境的新聞產製工作，也展現出新聞工作者的新聞想像、職業角色的反思與再確認，以此形成「重大災難新聞產製文化」。過去莫拉克風災時就具備這樣的特質，就三一一個案來看，新聞情境涉及到異國異地的採訪工作，以及面對許多從未經驗過的採訪體驗，以及高度複雜的危害（複合式災難），同時是過去採訪知識未觸及的未知（輻射）的科技風險，這些都強化了不確定性帶來的新聞工作阻礙，也帶來了更多協同式的職業反思和後果。

　　立基於研究發現，本書在結論中得以指出，重大災難新聞產製是一種新聞工作者面對災難情境的集體文化實作。而重大災難新聞產製的建構機制，主要受到兩個因素影響：首先是受限於新聞工作者的文化資源取得，其次是受到新聞工作者自我勞動處境的反身性所影響，也就是受到新聞工作者反思其新聞產製分工的角色位置、自我勞動情境的關係，以此重新定位自己的工作目標和可行性，藉此決定文化工具的拼湊方式和行動決策。

　　本書發現，臺灣自1990年代以後採取商業導向的電視新聞產製模式，使得新聞工作者浸淫在商業競爭的媒體生態結構，而在實務操作上也多採取商業結構、地位競爭、功利追求的文化實作。因此即便新聞工作者不乏有人認同社會責任這個專業新聞倫理存在的重要性，然而在其反思與實踐過程之中，仍多將話題環繞在新聞影響力和收視率的重要性。除此之外，新聞工作者雖然不乏有追求新聞公信力者，卻有更多人在反思行動上以追求個人或組織利益為訴求，而這些文化腳本也影響了八八風災和三一一複合式災難的新聞產製實作的走向，也造就了臺灣新聞的實際表現會偏離傳統的專業倫理。

四、反思與建議：
邁向更具記者安全觀的災難新聞產製文化

本書將研究焦點回到社會行動者——重大災難新聞工作者，分析探討那些身處在不確定性情境的行動串聯，以及探討串聯過程人們如何透過社會參與、論述和日常生活實踐，重組社會關係來建立因時制宜的風險應對行動。本書認為，這個過程同時也創造了研究者發現適應不確定性的災難新聞產製制度的轉型可能。

反思現行新聞媒體的新聞產製，高度倚賴的是常規制度，但這套制度卻富有工具理性和由上而下的管理特質。透過具體的災難新聞勞動經驗、由下而上的形成勞動知識分析可以發現，以管理為目標的舊制度，無法協助新聞工作者面對充滿不確定性的風險社會情境，因而新聞產製過程也同時浮現種種不確定性，以至於造成災難新聞偏離專業（Niblock, 2007; Usher, 2009; Wood, 1998）。

建立在前面幾章關於災難新聞的經驗研究，本書進一步反思常規制度如何轉型，以求能夠更有效因應災難所帶來的風險與不確定性。本書以重大自然災難新聞工作者的勞動經驗為本，思考更具記者安全觀的專業發展、倫理規範轉型之可能。因此，本書於結論中提出主張，也就是重建追求公信力的新聞產製文化。

當我們回顧臺灣新聞產製文化流變，就可以發現，臺灣新聞產製文化從早期追求國家意識形態到追求市場經濟利益和政媒結合的偏狹式立場新聞，足以看到當代臺灣新聞產製文化，逐漸體現出一種名為追求事實的新聞業，卻像是擬真的文化娛樂事

業。這不僅使得新聞業公信力下滑,同時也讓新聞業歷經去專業化的窘境。首先,公信力下滑意味著,當「客觀主義的儀式化」轉而被「儀式化的擬真新聞產製」取代,代表著維繫新聞業合法性地位和管轄權會受到挑戰。這些都源於在例行的新聞產製文化中,新聞工作者相信新聞產製方式最好能夠追求收視率。弔詭的是,許多新聞從業人員認為,災難新聞報導時,社會責任、報導事實就能夠贏得收視率,不需要使用那些仿自文化創意產業的戲劇做法。然而誠如災難新聞產製文化概念所彰顯的,面對災難整個新聞產製流程的各個環節中,新聞工作者普遍以偏離客觀專業的行動方案前進,因為在不確定性的災難新聞產製情境中,即便新聞工作者意識到社會責任的重要性,但其身處在災難新聞情境之中,卻更偏向採取非客觀性或災難管理的文化腳本,理由在於災難新聞也同樣是一種文化實作,在這其中,從業人員做新聞的手、腳和腦袋都容易慣性地採行商業導向的新聞產製方式進行。由此,本書認為,災難新聞產製文化是一個可以追求社會責任和客觀事實報導的時機,如此不僅能夠重振新聞業的公信力,也能夠讓新聞業重新專業化,贏得其職業合法性和市場價值。然而這也有賴接續幾項職業倫理的轉變,同時依賴建構風險的因應習慣,以重建具公信力的新聞產製文化。透過幾個章節所得之研究結果,本書進一步歸納並認為,重建具公信力的新聞產製文化,有賴以下幾個重要面向的轉型,包括:

1. **由產製新聞優先的價值觀,轉向新聞工作者為本的價值觀:** 近20年來由IFJ和INSI主導推動的安全論述,正突顯勞動者維持個人身心安全應該是一個具有優先性的專業價值。在災難新聞採訪脈絡下,深具風險性的採訪情境,更加迫

使記者必須隨時懂得維護自己的安全，這也突顯了，新聞專業應該轉向以新聞勞動者安全優先、勞動者本位的新聞倫理。

2. **從重視新聞產製結果，轉向重視災難新聞採訪過程**：傳統新聞倫理重視產出新聞報導的結果，然而在充滿不確定、風險的災難報導情境下，應該更為重視新聞勞動過程中是否符合種種倫理價值，包括重視勞動者安全、災區受訪者人權等，以免採訪過程發生違反基本社會價值和侵害人權等問題。

3. **從「記者與受訪者的關係」，還原為人與人的關係主義**：依循傳統新聞倫理，新聞記者容易陷入僵化的新聞採訪流程，不假思索的常規化勞動，易將採訪對象當作是客體，導致忽略每一個受訪者都是一個「人」，具有其生命價值、情感和應受到高度尊重的人權等等。為避免因災難新聞採訪而使災民受傷，則每位記者在進行災難採訪時，應該將採訪對象視為是一個主體；記者也應該卸下新聞專業菁英的角色，將記者與受訪者的關係還原為是一種人與人的互助、互知的勞動關係，如此，災難採訪也能夠從強調工作價值的專業理性框架解放，轉變為更重視人與人的情感價值和社會關係。

4. **建立社群主義式的協作倫理**：災難新聞工作本質上就是使新聞勞動者進入危險境地，危險性有一部分來自於媒體間以及記者間的競爭關係，還有災區既有的危害因子。然而從具體的災難新聞經驗中也可以發現，災難新聞現場往往高度仰賴同業互助來共度危難，換言之，災難新聞勞動情

境中,協作倫理的建立應是一項重要的倫理內涵,且這個倫理內涵展現出新聞社群以及新聞工作者與救災者和災民站在一起,採社群主義的模式,亦能形成更具彈性、更有效的應變行動。

5. **面對災難風險,新聞工作者的增能**:進一步,根據本書研究發現,重大災難新聞產製,讓新聞製播過程中的新聞從業人員均面臨諸多的不確定性。不確定性的產生,不僅僅來自新聞產製流程與分工的改變,也源於面對災難情境的勞動經驗、知識的缺乏。這也突顯出,整個新聞產製更加仰賴新聞工作者的能動性。本書認為,增加新聞工作者面對災難風險的能動性,仰賴相關知識的增能和後勤支援體系的建立。首先知識面的增能,除了透過新聞工作者在災難新聞產製演練,以及了解各地災難新聞經驗知識之外,常發生災難地點的歷史文化、地理的認識,常見災難類型的科學常識,都是增進災難新聞產製知識所不可或缺的部分;其次,在後勤支援體系的建立上,災難新聞工作面臨的環境,經常會使新聞工作者遭遇到資源不足的窘境,這包括採訪災難現場所需裝備、工具以及交通、飲食所需,這些資源都仰賴事前的預備,事中後勤支援組織。

五、近期災難新聞研究議題與發展

近十年來,有關臺灣災難新聞實務討論,持續更新。連帶也驅動了災難新聞研究的議題發展。特別是網路時代所帶來的傳播科技改變和新聞環境變化,如何影響記者在災難新聞產製的文化

實踐？本書認為是值得後續進一步探討的方向。

2023年8月，台灣媒體觀察教育基金會主辦一場以災難新聞為主題的論壇——「媒體×記者：小時不讀書，長大當記者？天災人禍怎麼報？」，主講人分別是俱備災難記者經驗和研究者身分的許瓊文教授，以及具災難新聞工作經驗的現職新聞人王若庭。在論壇之中，便可以發現，當代數位傳播科技發展對於災難新聞產製持續造成影響。記者王若庭在論壇中便談到，在新聞產製過程中，新聞工作者不斷利用手機追蹤和確認最新資訊，特別是取得網路資訊和從網路獲取即時影像來獲取新聞素材和畫面（諸如爆料公社），以及進行事實查證等（陳洧農，2023）。[1] 這樣的現象，呼應了既有研究所談到的，網路環境所帶動的數位匯流新聞產製流程，「依賴網路取得資訊快速，使工作節奏加快；在新聞組織層面，形成網搜常規化、新聞內容話題導向、採訪報導形式主義的常規特質」（劉蕙苓，2014，頁42）。

反映在近期的災難新聞研究中，蘇思云（2018）以2015年發生的八仙事件為研究對象，研究發現由於社群媒體具備即時資訊的功能，因此，在該災難發生後，社群媒體便成為大眾媒體資訊取材的來源。趙敏雅（2019）同樣研究發現，社群媒體的立即性、互動性，成為記者企圖掌握災難發生的時間地點和不斷滾動的「事實」來源與方式。

值得注意的是，網路科技作為科技的使用，不僅能使主流新聞媒體可以用更廉價的方式快速發布災難新聞，也能夠方便記者進行新聞產製。這樣的便利與低成本誠然迎合了當代過度競爭的

---

[1] 論壇內容，引自論壇現場採訪新聞，陳洧農（2023/11/2）。從災難報導看台灣新聞實務。卓越新聞獎電子報，網路取自https://feja.org.tw/72275/

新聞產製結構，但許瓊文（2022）認為，這樣情況不僅讓感官主義、同質化、缺乏防救災功能等現象續存，且容易造成新聞錯誤報導或誤信來自網路的不實訊息。

此外，數位環境讓新聞閱聽人不再只是作為收視率一般的存在，閱聽人作為網友，透過按讚、回覆和轉發等等方式，也會直接對災難新聞形成反饋，進而也影響新聞產製者的新聞主題建構與撰寫新聞方式（譚躍、蕭蘋，2019）。若要加上近期國內探討大型數位平台、社群媒體的興起，使得新聞業的營收遭受劇烈影響，使新聞業陷入經營危機（馮建三，2022；羅世宏，2023）。追求流量和點閱率構成新聞產製的重要一環。一方面新聞媒體對於新聞流量、點閱的要求，加重記者的新聞工作量。另一方面是，數位新聞生產邏輯也影響記者對於傳統的新聞價值追求（劉昌德、蔡蕙如、洪貞玲、張春炎，2023）。在此背景下，演算法成為新聞編輯室進行新聞產製、編輯決策高度倚賴的數字判斷，以此預測新聞流量的產出（唐士哲，2024）。新聞業賦予記者更多任務的期望，也驅使記者更常使用社群媒體進行新聞工作，讓線上工作、社群媒體使用，成為每日新聞工作的重要環節（郭文平，2018；劉蕙苓、羅文輝，2017）。數位世界的親近與數位工具的使用，使得記者角色認定與新聞價值觀產生變化，包括議題表達的去政治化、以及去客觀中立化等（劉昌德，2020）。未來值得持續研究的議題也由此興起：究竟數位傳播科技對於臺灣已經處於高度惡性競爭的產製文化帶來什麼影響？又處在這樣的文化之中的災難新聞產製文化實踐內涵為何？這些問題都將是未來值得持續探索的災難新聞研究議題。

參考文獻

汪浩譯（2003）。《風險社會：通往另一個現代的路上》。巨流。（原書Beck, U. [1986]. *Risikogesellschaft: Auf dem weg in eine andere moderne. Frankfurt a.M: Suhrkamp.*）

呂亦欣、鄭珮嵐譯（2009），《面對風險社會》。韋伯文化。（原書Denney, D. [2005]. *Risk and society. Sage.*）

李康、李猛譯（2007）。《社會的構成》。左岸。（原書Giddens, A. [1984]. *The constitution of society. Springer.*）

許夢芸譯（2008），《文化研究：民族誌方法與生活文化》。韋伯文化。（原書Gray, A.[2002]. *Research practice for cultural studies: Ethnographic methods and lived culture. Sage.*）

IFJ〈國際定應新聞界安全採訪實務守則〉，資料來源IFJ官網。http://asiapacific.ifj.org/assets/docs/226/101/beaede2-09dc165.pdf。

IFJ〈採訪自然災禍──地震〉，資料來源IFJ官網。http://asiapacific.ifj.org/assets/docs/178/118/58efeb2-77c2a76.pdf。

台灣新聞記者協會譯（2005），《衝出新聞第一線：帶著報導，活著出來》。商周。（原書McIntyre, P. [2003]. *Live news: A Survival guide for journalists.* the International Federation of Journalists.）

Nippon Communications Foundation（2012年5月30日）。〈災區傳媒的戰鬥"讓災區訊息傳到東京，傳向世界"（Part 1）〉。

https://www.nippon.com/hk/views/b00701/。

麻爭旗等譯（2008）。《做新聞》。華夏出版社。（原書Tuchman, G., *Making news: A study in the construction of reality. Free Press.*）

入江沙也可、正源和義、羅萍、戶田有紀、黃木紀之、武田弘克（2012）。《日本311的一堂課：會議內容完整實錄》。公視基金會。

中央日報（1982年6月25日）。〈廣播電視界座談 達成具體結論 訂定守法、誠信、愛國、勤儉原則〉。《中央日報》。

中華民國衛星廣播電視事業商業同業公會（2019.01.16）。〈新聞自律執行綱要〉。http://www.stba.org.tw/file_db/stba/201901/2do3b6gvax.pdf。

公視有話好說（2011年3月19日）。〈日本地震教我們的事?!看NHK表現 臺灣媒體該慚愧？ 災難新聞 臺灣學到多少？〉，《公共電視──南部開講》。http://ptssouth.blogspot.tw/2011/03/nhk.html。

日本放送協會（2011）。〈NHK放送ガイドライン2011〉，《日本NHK網站》。http://www.nhk.or.jp/pr/keiei/bc-guideline/pdf/guideline2011.pdf。

王孝勇（2005）。〈「新聞」概念的再思考：本土新聞批評史中語言學分析的現代性與後現代性〉，《中華傳播學刊》，8，249-287。

王孝勇（2013）。〈從對話到對立的民主化實踐：Mikhail Bakhtin對話主義的理論轉折與政治方案之初探〉，《臺灣民主季刊》，10(3)，1-39。

王佳煌、潘中道等譯（2002）。《當代社會研究法》。學富。

（原書Neuman, W. L. [2000]. *Social research methods: qualitative and quantitative approaches*. Sage.）

王金壽（2006）。〈臺灣的司法獨立改革與國民黨侍從主義的崩潰〉,《臺灣政治學刊》,10(1),103-162。

王洪鈞（1967）。〈發展中的中國新聞自律〉,《新聞學研究》,1,150-156。

王振寰（1993）。〈廣播電視媒體的控制權〉,鄭瑞城（編）,《解構廣電媒體：建立廣電新秩序》,頁75-128。澄社。

王泰俐（2004）。〈電視新聞節目「感官主義」之初探研究〉,《新聞學研究》,81,1-41。

王泰俐（2011）,〈政府訊息置入電視新聞性節目的文本分析與閱聽人研究〉,《中華傳播學刊》,20,25-43。

王靜嬋、許瓊文（2012）。〈獨自療傷的記者？從社會支持取徑檢視記者創傷壓力的調適〉,《中華傳播學刊》,22,211-259。

臺北市媒體服務代理商協會（2012）。《2012年MAA台灣媒體白皮書》。資料取自http://www.maataipei.org/upload/1335329976.04。

台灣新聞記者協會（2004）,《台灣新聞記者權益手冊》。未出版資料。

田榮哲、司徒懿譯（2010）。《解析質性研究法與資料》。臺北：韋伯。（原書Silverman, D. [2006]. *Interpreting Qualitative Data: Methods for Analysing Talk, Text and Interaction (Third edition)*. Sage.）

石世豪（2001）。《數位化時代無線電視之定位與發展。行政院研究發展考核委員會委託研究》（RDEC-RES-090-004委託研究報告）。

石永貴（1982）。〈致詞〉，台視二十年編輯委員會（編），《台視二十年：中華民國五十一年至七十一年》。台視文化。

朱元鴻（1995），〈風險知識與風險媒介的政治社會學分析〉。《台灣社會研究季刊》，19，195-224。

江祥綾（2014.08.25）。〈主播陳雅琳　國小老師轉跑新聞　菜鳥記者中18蛋〉，《蘋果日報》。http://ent.appledaily.com.tw/enews/article/entertainment/20110709/33515689/。

江靜之（2014）。〈電視全球暖化新聞之多媒材分析初探：以TVBS【搶救地球】特別報導為例〉。《新聞學研究》，120，47-78。

江聰明（1996年05月19日）。〈兩岸新聞熱戰：有線、無線過招！〉，《聯合報》，22版，影視廣場。

江聰明（1996年06月17日）。〈力霸友聯　想要捉對廝殺－TVBS VS.U2七月一日起有線新聞熱戰〉，《聯合報》，22版，影視廣場。

江聰明（1996年07月01日）。〈力霸友聯U2台開播效應－有線無線新聞戰　今天好戲登場〉，《聯合報》，22版，影視廣場。

江聰明（1997年1月5日）。〈宋楚瑜「失蹤」效應　電視媒體篇　各頻道……絕招盡出只怕丟人〉，《聯合報》，22版，影視廣場。

江聰明（1999年10月12日）。〈新聞自律　整合資源是第一要務〉，《聯合報》，26版，影視廣場。

江聰明（2000年01月17日）。〈專業新聞台蔚為頻道主流-東森、TVBS-N廣告業績紅通通　臺北TV、SETN、中天相繼投入〉，《聯合報》，26版，影視廣場。

行政院主計總處（無日期）。〈天然災害統計〉。http://www.stat.gov.tw/ct.asp?xItem=15396&CtNode=3602&mp=4。

行政院勞委會（2005）。《新聞採訪人員安全衛生指引》，「行政院勞工委員會」。http://www.cla.gov.tw/site/business/41733649/420488d5/421ee68b/421ee82f/files/%B1%C4%B3X%AB%FC%A4%DE.doc。

何旭初（2007）。〈市場導向新聞學之思維與運作：《蘋果日報》個案分析〉，《中華傳播學刊》，11，243-273。

何明修（2002）。〈介紹：保羅・威利斯《學作工》〉，《教育社會通訊》，41，3-7。

何明修（2003）。〈工廠內的階級團結：連結石化工人的工作現場與集體行動〉，《臺灣社會學》，6，1-59。

何明修（2004）。〈文化、構框與社會運動〉，《臺灣社會學刊》，33，175-200。

何明修（2012）。〈從侍從主義到公民社會：國家能扮演什麼角色？〉收錄於施正鋒編，《國家政策展望》，頁57-65。翰蘆出版社。

何貽謀（1982）。《廣播與電視》。三民書局。

何貽謀（2002）。《臺灣電視風雲錄》。臺灣商務。

佘雲楚、梁志遠、謝柏齊、丘延亮（2004）。〈生業、職業、專業與志業—助人志業自主抗爭的行動社會學反思〉，Alternative論壇。http://psy.hi-all.com。

吳立萍（2022年3月14日）。〈誰說台灣沒有好記者？《報導者》創辦人何榮幸，30年來透過媒體改變社會〉，《獨立評論@天下》。https://opinion.cw.com.tw/blog/profile/466/article/

12047。

吳杰穎、江宜錦（2008）。〈臺灣天然災害統計指標體系建構與分析〉，《地理學報》，51，65-84。

吳嘉苓（2000）。〈醫療專業、性別與國家：臺灣助產士興衰的社會學分析〉，《臺灣社會學研究》，4，191-268。

吳翠松譯（2006）。《社會科學概說：方法論的探索》。韋伯出版社。（原書Smith, Mark J. [1998]. *Social Science in Question*. Sage.）

宋乃翰（1962）。《廣播與電視》。商務。

李天鐸（1999年10月18日）。〈從集集大震看媒體淺薄機制-只見馬拉松式SNG〉，《聯合報》，15版，民意論壇。

李四端（1995）。〈進入電視這一行的心理準備〉，收錄於周麗玲編，《迷人的行業：電視、廣播、雜誌、唱片、廣告》，頁60-62。圓神出版社。

李金銓（1992）。〈從威權控制下解放出來：臺灣報業的政經觀察〉。收錄於朱立、陳韜文編，《傳播與社會發展》，頁81-94。香港中文大學新聞與傳播學系。

李金銓（1992）。〈從權威控制下解放出來：台灣報業的政經觀察〉，收錄於朱立與陳韜文（編），《傳播與社會發展》，頁81-94。香港：香港中文大學新聞與傳播學系。

李美華（2005）。〈從國際新聞流通理論探討臺灣報紙國際新聞報導內容之轉變（1988-1999年）〉。《新聞學研究》，85，111-139。

李慶華（1993）。〈誰是箝制媒體的幕後黑手－對黨政高層人士長期干涉電視新聞報導向行政院緊急質詢〉，《海峽評

論》，27，91-92。

李瞻（1968）。〈社會責任論的發展〉。《新聞學研究》，2，54-109。

李瞻（1970）。〈廣電法草案的基本精神〉，《報學》，4(4)，14-27。

李瞻（1975）。《我國新聞政策》。臺北市新聞記者公會。

李瞻（1979）。〈對我國電視的檢討與建議〉，《報學》，6(2)，10-24。

李瞻（1981）。〈三民主義新聞政策之研究〉，《新聞學研究》，28，1-22。

李瞻（1984）。《電視》。允晨文化。

李瞻等（1985）。《著當前電視的新課題》。行政院文建會。

卓越新聞獎基金會（2009年6月26日）。〈九二一大地震（1999）〉，《新聞倫理資料庫》。http://www.feja.org.tw/modules/wordpress/?p=62。

周仲島、于宜強、鳳雷、陳永明、李清勝、鄭明典（2010）。〈莫拉克颱風綜觀環境以及降雨特徵分析〉，《大氣科學》，38(1)，21-38。

周桂田（1998a）。〈現代性與風險社會〉，《臺灣社會學刊》，21，89-129。

周桂田（1998b）。〈「風險社會」中結構與行動的轉轍〉，《臺灣社會學刊》，26，97-150。

周桂田（2003），〈獨大的科學理性與隱沒（默）的社會理性之「對話」：在地公眾、科學專家與國家的風險文化探討〉，《台灣社會研究季刊》，56，1-63。

周葆華（2013）。〈從「後台」到「前台」：新媒體技術環境下新聞業的「可視化」〉，《傳播與社會學刊》，25，35-71。

松岡東香、木下知己（2012）。〈つくばイノベーション研究の展開と：東日本大震災復興への提案〉，《筑波学院大学紀要》，7，77-84。

林子儀、劉靜怡（1993）。〈廣播電視內容之規範與表現〉，鄭瑞城（編），《解構廣電媒體：建立廣電新秩序》，頁129-216。澄社。

林元輝（2004）。〈本土學術史的「新聞」概念流變〉，翁秀琪（編），《台灣傳播學的想像》，頁55-84。巨流。

林元輝（2005）。〈從史學法度論臺灣電視史之撰寫－以「臺灣電視四十年回顧與前瞻」研討會六篇主題論文為例〉，《新聞學研究》，87，205-237。

林志恆（1993年4月）。〈誰掌控電視政治新聞？〉，《遠見雜誌》，第82期。

林佳龍（1989）。〈威權侍從政體下的台灣反對運動－民進黨社會基礎的政治解釋〉，《臺灣社會研究》，2(1)，117-143。

林宗弘（2012）。〈災後重建的政治：以中國512地震與臺灣921地震為案例的分析〉，《臺灣社會學刊》，50，57-110。

林國明（1997），〈國家與醫療專業權力：臺灣醫療保險體系費用支付制度的社會學分析〉。《臺灣社會學研究》，1，77-136。

林富美（2006）。《台灣新聞工作者與藝人：解析市場經濟下的文化勞動》。秀威出版。

林富美（2006a）。〈當新聞記者成為名嘴：名聲、專業與勞動

商品化的探討〉，《新聞學研究》，88，43-81。

林照真（2004.10）。〈調查的迷思 II：解讀市場機制　誰在扼殺電視品質？〉，《天下雜誌》，第309期。

林照真（2005）。〈置入性行銷：新聞與廣告倫理的雙重崩壞〉，《中華傳播學刊》，8，27-40。

林照真（2005年02月）。〈誰在收買媒體？〉，《天下雜誌》，316期。

林照真（2007年3月31日）。〈廣告購買機制才是禍首〉，《中國時報》，民意論壇。

林照真（2009），〈電視媒體與災難管理－災難新聞的倫理困境〉。《廣播與電視》，31，55-79。

林照真（2009）。《收視率新聞學：台灣電視新聞商品化》。聯經出版公司。

林照真（2009b）。〈電視新聞就是收視率商品：對「每分鐘收視率」的批判性解讀〉，《新聞學研究》，99，79-117。

林照真（2011）。〈收視率的宰制：台灣媒體代理商與電視頻道業者權力競逐之研究〉，《新聞學研究》，107，89-132。

林照真（2013），〈台灣電視新聞之災難報導：以「莫拉克」風災為例〉，《新聞學研究》，115，141-185。

林萬億（2010）。〈災難管理與社會工作〉，《社區發展季刊》，131，50-68。

林萬億（2010）。〈災難管理與社會工作〉，《社區發展季刊》，131，50-68。

林嘉琪、陳怡靜（2011年3月22日）。〈我新聞台日本震災播不停　被批太聳動〉，《自由時報電子報》。http://www.

libertytimes.com.tw/2011/new/mar/22/today-fo1.htm。

林福岳（1996）。〈閱聽人地理學：以「民族誌」進行閱聽人研究之緣起與發展〉，《新聞學研究》，52，167-186。

林維娟（1995年3月19日）。〈爭食選舉廣告大餅　有線電視業早布椿〉，《經濟日報》，03版，綜合新聞。

林維娟（1996年3月13日）。〈衛星頻道讓你看愛看的節目－市場分眾特性形成　業者卯勁抓緊特定收視戶〉，《經濟日報》，19版，商業2。

林維娟（1996年6月28日）。〈有線電視新聞戰　競爭激烈－7月1日起超視增闢晨間新聞　力霸推出晚間新聞〉，《經濟日報》，18版，商業1。

林蕙娟（1993）。〈黑手效應〉，《遠見雜誌》，第83期。

林靜梅（2015年4月19日）。〈災難現場記者的反思：我們不該走入災區，就覺得能做任何採訪〉，《關鍵評論網》。https://www.thenewslens.com/article/15417

林麗雲（2000）。〈台灣威權政體下「侍從報業」的矛盾與轉型〉，張笠雲（編），《文化產業：文化生產的結構分析》，頁89-148。遠流。

林麗雲（2004）。《台灣傳播研究史：學院內的傳播學知識生產》。巨流。

林麗雲（2005）。〈威權主義國家與電視：台灣與南韓之比較〉，《新聞學研究》，85，1-30。

林麗雲（2006）。〈威權主義下台灣電視資本結構的形成〉，《中華傳播學刊》，10，71-112。

林麗雲（2008）。〈變遷與挑戰：解禁後的台灣報業〉，《新聞

學研究》，95，183-212。

邱妙津（1992）。〈競選帶生意誘人，民主台來勢洶洶〉，《新新聞》，264，82-83。

邱鈺婷（2006）。〈台灣電視記者一窩蜂新聞產製下的死結與活路：以重大社會事件報導為例〉。政治大學廣播電視學研究所碩士論文。

哀今（1999年10月12日）。〈報震災頻走山　記者專業亮警訊〉，《聯合報》，32版，HOT星聞。

柯三吉、丘昌泰、郭介恆、孫健忠、張文俊（2002年2月）。〈建立災後救助機制之研究〉，「九十一年度防救災專案計畫成果研討會」，臺北市，臺灣。

柯惠新、劉來、朱川燕、陳洲、南雋（2005）。〈兩岸三地報紙災難事件報導研究—以臺灣921地震報導為例〉，《新聞學研究》，85，71-109。

柯舜智（2009年7月8日）。〈災難傳播內容再現與民眾認知〉。「2009中華傳播學會年會學術研討會」。新竹縣，臺灣。

柯舜智（2010年7月）。〈颱風新聞的真相與擬像〉。「2010中華傳播學會年會暨第四屆數位傳播國際學術研討會」，嘉義縣，臺灣。

柯裕棻（2008）。〈電視的政治與論述：一九六0年代台灣的電視設置過程〉，《台灣社會研究季刊》，69，107-138。

柯裕棻（2009）。〈電視與現代生活：電視普及化過程中的「國」與「家」，1962-1964〉，《台灣社會研究季刊》，73，1-38。

洪鎌德（2003）。〈導言：當代社會科學哲學〉，《哲學與文化》，30(11)，1-36。

胡元輝（2008）。〈黑暗之幕將成事實？－戒嚴與報禁解除二十周年的憂思〉，卓越西文獎基金會（編），《關鍵力量的沉淪：回首報禁解除二十年》，頁13-17。巨流。

唐士哲（2005）。〈在速度的廢墟中挺進：電子媒介新聞的唯物論批判觀點〉。《新聞學研究》，84期，79-118。

唐士哲（2005a）。〈新聞現場的經濟意涵〉。《廣播與電視》，25，1-25。

唐士哲（2014）。〈從政治化媒介到媒介化政治：電視政論節目作為制度化的政治實踐〉，《中華傳播學刊》，25，3-41。

唐士哲（2024）。〈生成式人工智慧、新聞室自動化與變遷中的新聞樣貌〉。《文化：政策 管理 新創》，3(1)，9-27。

孫式文（2002）。〈網際網路因應危機的傳播功能：理論與實務的辯證〉，《新聞學研究》，71，133-156。

孫曼蘋（2000），〈921地震政府體系資訊傳布之初探〉。《新聞學研究》，62，165-170。

徐秋華(1999)。〈傳媒在災難中扮演的角色〉，《傳媒透視》。http://rthk.hk/mediadigest/md0011/02.html。

徐淑惠、蘇崇豪（2011年12月），《日本311震後理賠處理考察報告》。財團法人住宅地震保險基金。

烏凌翔（1995）。《獨家的代價：一個電視記者的觀察手記》。聯合文學。

祝基瀅（1987）。〈民生哲學的新聞本質〉，《新聞學研究》，39，61-90。

翁秀琪（1989）。〈從兩個實證研究看大眾傳播媒介如何建構社會真實〉，《新聞學研究》，41，125-135。

翁秀琪（1993）。〈臺灣的地下媒體〉，鄭瑞城（編），《解構廣電媒體：建立廣電新秩序》，頁441-517，澄社。

翁秀琪（1998）。〈批判語言學、在地權力和新聞文本分析：宋楚瑜辭官事件中李宋會的新聞分析〉，《新聞學研究》，57，91-126。

翁秀琪、許傳陽、蘇湘琦、楊韶彧、葉瓊瑜（1997）。《新聞與社會真實建構─大眾媒體：官方消息來源與社會運動的三角關係》，三民。

翁秀琪、鍾蔚文、簡妙如、邱承君（1999）。〈似假還真的新聞文本世界：新聞如何呈現超經驗事件〉，《新聞學研究》，58，59-83。

國家災害防救科技中心（2010年3月）。《莫拉克颱風之災情勘查與分析》，行政院國科會專題研究階段報告（計畫編號：NSC 98-2625-M492-010）。http://satis.ncdr.nat.gov.tw/morakot/。

張天福（1986）。《華視十五年》。華視出版。

張文強（2002）。〈媒介組織內部權力運作與新聞工作自主：封建采邑的權力、控制與反抗〉，《新聞學研究》，73，29-61。

張文強（2005）。〈新聞工作的常規樣貌：平淡與熱情的對峙〉，《新聞學研究》，84期，1-40。

張文輝（1995年3月28日）。〈聯廣公布八十三年調查──三台開機率38.4%與有線電視呈拉鋸戰，新聞、綜藝、連續劇金三角三台仍現強勢〉，《聯合報》，22版，影視廣場。

張文輝（1999年9月22日）。〈媒體總動員　電視台停播例行娛樂節目　主播含淚報傷亡　賑災節目將出籠〉，《聯合

報》，26版，影視廣場。

張文輝（1999年10月8日）。〈盼媒體自律新聞局近溝通〉，《聯合報》，26版，影視廣場。

張文輝（2000年7月24日）。〈你還在看老三台新聞？「變心」的人越來越多〉，《聯合報》，26版，影視廣場。

張春炎（2012年3月30日）。〈10th卓新獎暨曾虛白先生新聞獎得主專訪：臺灣「危雞解密」－李惠仁的故事（調查報導獎）（上）〉，《卓越新聞獎基金會》。https://www.feja.org.tw/39664。

張春炎（2013）。〈地方文化傳播與社區營造：苗栗「灣寶社區」動員之初探研究〉，《新聞學研究》，116，173-206。

張春炎、楊樺（2012年7月）。〈自然災難與媒體建構：重探八八風災新聞論述〉。「中華傳播學會年會」。臺中市，臺灣。

張春炎、楊樺、葉欣誠（2015）。〈自然災難與媒體建構：以TVBS新聞為例，重探八八風災新聞論述〉，《環境教育研究》，11(1)，1-30。

張春炎、劉昌德（2017）。〈探索風險社會下的反身性知識技能：以日本311災難報導經驗和專業反思為例〉，《科技、醫療與社會》，25，63-118。

張時健（2005）。〈臺灣節目製作業商品化歷程分析：一個批判傳播政治經濟學的考察〉，《中華傳播學刊》，7，137-181。

張錦華（2009年9月8日）。〈災難新聞的報導倫理〉，《大紀元》。https://www.epochtimes.com/gb/9/9/8/n2650378.htm

敖國珠（2010）。〈我國電視新聞主播養成之研究〉。臺灣師範大學圖文傳播學系碩士論文。

盛竹如（1995）。《螢光幕前—盛竹如電視生涯回憶錄》。新新聞。

粘嫦鈺、江聰明、張文輝、周立芸（1993年3月21日）。〈李艷秋自稱最佳傀儡獎〉，《聯合報》，影視廣場。

莊春發（1994）。〈電視媒體市場的寡占〉，江文瑜（編），《媒體改造與自由民主》，頁41-66。前衛出版社。

許安琪（2005）。〈置入？植入？製入？智入？從多元面向觀點檢視置入性行銷〉，《中華傳播學刊》，8，161-177。

許瓊文（1998）。〈SNG直播科技對電視新聞製作流程與內容影響之初探〉。交通大學傳播研究所碩士論文。

許瓊文（2009），〈新聞記者採訪報導受害者應面對的新聞倫理：多元　觀點的論證〉，《新聞學研究》，100，1-55。

許瓊文（2009），〈新聞記者採訪報導受害者應面對的新聞倫理：多元觀點的論證〉，《新聞學研究》，100，1-55。

許瓊文（2011年3月14日）。〈がんばって!日本；加油！台灣！〉，《創傷新聞網》。http://traumanewswatch.blogspot.tw/2011/。

許瓊文（2011年3月16日）。〈我可以為您做什麼？赴日採訪的記者們〉，《創傷新聞網》。http://traumanewswatch.blogspot.tw/2011/03/blog-post_16.html

許瓊文（2011年3月17日）。〈媒體在災難中的正面功能（一）：從日本NHK災難期間應變談起〉，《創傷新聞網》。http://traumanewswatch.blogspot.tw/2011/。

許瓊文（2011年3月21日）。〈媒體在災難中的正面功能（二）：「我可以拍他們哭嗎」？〉，《創傷新聞網》。http://

traumanewswatch.blogspot.tw/2011/。

許瓊文（2022）。〈災難新聞的過去、現在、未來〉，彭芸，柯舜智（編），《台灣電視新聞60年》，頁176-210。翰蘆。

郭文平（2013）。〈超連結文本在網路新聞場域中的使用：一個文化實踐觀點的研究〉，《新聞學研究》，117，135-178。

郭文平（2018）。〈當新聞遇見社群媒介：瀰漫媒介場域中的新聞實踐研究〉，《中華傳播學刊》，34，35-80。

陳世敏（1989）。〈讀者投書：「接近使用權」的實踐〉，《新聞學研究》，41，25-46。

陳向明（2007）。《社會科學質的研究》。五南。

陳依玫（2008）。〈從被警總關掉到被觀眾關掉：報禁解除二十年談電視新聞自律〉，卓越新聞獎基金會（編），《關鍵力量的沉淪：回首報禁解除二十年》，頁109-118。巨流。

陳昌鳳、長江譯（2009）。《發掘新聞：美國報業的社會史》。北京出版社。（原書Schudson, Michael [1978]. *Discovering the News: A Social History of American Newspapers*. Basic Book.）

陳洧農（2023/11/2）。〈從災難報導看台灣新聞實務〉，《卓越新聞獎電子報》。https://feja.org.tw/72275/。

陳炳宏（2005）。〈探討廣告商介入電視新聞產製之新聞廣告化現象：兼論置入性行銷與新聞專業自主〉，《中華傳播學刊》，8，211-246。

陳炳宏（2010）。〈媒體集團化與其內容多元之關聯性研究〉，《新聞學研究》，104，1-30。

陳炳宏、鄭麗琪（2003）。〈台灣電視產業市場結構與經營績效關係之研究〉，《新聞學研究》，75，37-71。

陳順孝（1993）。〈台灣報社編輯的守門行為〉。文化大學新聞所碩士論文。

陳筠臻譯（2008）。《媒介組織與產製》。韋伯文化。（原書 Cottle, S. [2003]. *Media Organization and Production*. Sage.）

陳憶寧（2003），〈當天然災難可能成為政治災難：策略框架效果再探〉。《中華傳播學刊》，3，3-35。

媒體觀察教育基金會（2009年8月10日）。〈呼籲媒體報導颱風災害新聞時勿消費受難者新聞稿〉，《媒體觀察教育基金會》。http://www.mediawatch.org.tw/node/1197。

彭芸（2000）。《市場競爭下我國新聞專業意理的實踐及困境：以921地震新聞報導為例（POD）》。行政院研究發展考核委員會。

曾國峰（2010）。〈有線電視新聞台的賽局競爭分析〉，《新聞學研究》，103，85-133。

曾國峰（2019）。〈「反媒體壟斷法」草案演進與規範辨證〉，《中華傳播學刊》，35，3-41。

曾喜松（2011）。〈記者的共謀－電視記者會稿文本論述分析〉，「中華傳播學會年會」。新竹市，臺灣。

曾虛白（1972）。〈我們需要一個新的新聞制度理論〉，《新聞學研究》，9，1-6。

湯京平、蔡允棟、黃紀（2002）。〈災難與政治：九二一地震中的集體行為與災變情境的治理〉，《政治科學論叢》，16，139-162。

程宗明（2002）。〈台灣電視政策四十年的回顧研究報告〉，《傳播研究簡訊》，頁303-350。政大傳播學院。

馮建三（2022）。〈「超前部署」新聞的出路：從科技巨頭的廣告收入說起〉，《臺灣社會研究季刊》，121，167-198。

黃俊能（2012）。〈我國因應重大災難物力動員機制之研究〉，《行政院研究發展考核委員會委託研究》。

黃國師（2005）。〈置入性行銷是電視媒體的甜點還是雞肋？〉，《中華傳播學刊》，8，17-25。

黃淑芬（2010）。《觀察收視率在新聞室之權力移動-以電視新聞編輯為例》。政治大學傳播學院碩士論文。

黃朝恩等譯（2011）。《環境也是災害：你準備好面對了嗎？聯經出版社》。（原書Burton, I., Kates, R.W., White, G.F., [1993]. *The Environment as Hazard. 2nd Edition*. The Guilford Press.）

黃順星（2010）。〈新聞的場域分析：戰後臺灣報業的變遷〉，《新聞學研究》，104，113-160。

黃順星（2008）。《記者的重量：臺灣政治新聞記者的想像與實作1980-2005》。世新大學傳播研究所博士論文。

黃順星(2011)。〈舊聞新史：對臺灣新聞史研究的思考〉，《傳播研究與實踐》，1(2)，179-209。

黃順星（2013）。《記者的重量：臺灣政治新聞記者的想像與實作，1980~2005》。巨流。

黃新生（1986）。〈依附理論與台灣的經濟、電視發展〉，馬起華（編），《主義與傳播》，頁143-168。黎明書局。

黃慧敏（2011年3月21日）。〈播震災太誇張　觀眾告上NCC〉，《中央通訊社》。http://www.cna.com.tw/news/FirstNews/201103210023-1.aspx。

楊永年（2009）。〈八八水災救災體系之研究〉，《公共行政學

報》,32,143-169。

楊瑪利(2002.04)。〈弱智媒體〉,《天下雜誌》,251,112-125。

葉建麗(1994)。《新聞歲月四十年》。臺灣新生報。

葉啟政(2002)。《進出「結構-行動」的困境:與當代西方社會學理論論述對話》。三民。

詹益錦(2007)。〈電視新聞記者間人際互動對新聞產製之影響—以彰化駐地記者為例」〉。世新大學傳播研究所碩士論文。

鄒川雄(2004),〈從現代社會的反身性論當代基督宗教的靈恩現象〉。《世界宗教學刊》,4,43-72。

管中祥、陳伊禎(2003)。〈一個地方頻道的興衰:全球資本與地方文化的消長〉,《傳播與管理研究》,2(2),105-133。

臧國仁(1998)。〈新聞報導與真實建構:新聞框架理論的觀點〉,《傳播研究集刊》,3,1-102。

臧國仁、施祖琪(1999)。〈新聞編採手冊與媒介組織特色——風格與新聞風格〉。《新聞學研究》,60,1-38。

臧國仁、鍾蔚文(2000),〈災難事件與媒體報導:相關研究簡述〉。《新聞學研究》,62,143-151。

臺北市媒體服務代理商協會(2012)。《2012年MAA臺灣媒體白皮書》。http://www.maataipei.org/upload/1335329976.04。

趙敏雅(2019)。〈電視記者查證災難新聞之社群媒體依賴研究〉。政治大學傳播學院碩士學位學程學位論文。

趙雅麗(2006)。〈跨符號研究:「結構/行動」交相建構中的傳播巨型理論藍圖〉,《新聞學研究》,86,1-44。

劉昌德(2012)。〈舊時王謝堂前燕:台灣電視新聞勞動五十年

簡史〉。《中華傳播學刊》，22，67-98。

劉昌德（2007a）。〈媒體倫理的政治經濟學：國家、資本、與新聞專　業規範的流變〉，《中華傳播學刊》，11，111-153。

劉昌德（2007b）。〈民主參與式的共管自律：新聞自律機制之回顧與再思考〉，《台灣民主季刊》，4(1)，109-139。

劉昌德（2008）。〈大媒體，小記者：報禁解除後的新聞媒體勞動條件與工作者組織〉，《新聞學研究》，95，239-268。

劉昌德（2020）。〈小編新聞學：社群媒體與通訊軟體如何轉化新聞專業〉，《新聞學研究》，142，1-58。

劉昌德、蔡蕙如、洪貞玲、張春炎（2023）。〈營收破壞，流通依賴：數位平台對臺灣報業與雜誌的經濟衝擊〉，《中華傳播學刊》，43，7-55。

劉維公（2001），〈介紹第二現代（second modernity）理論：Beck與Giddens的現代性分析〉，顧忠華（編），《第二現代：風險社會的出路？》，頁1-14。巨流。

劉蕙苓（2005）。〈新聞置入性行銷的危機：一個探索媒體公共利益的觀點〉，《中華傳播學刊》，8，179-207。

劉蕙苓（2007）。〈黨營媒體股權轉移下的勞工意識—中視的個案研究〉，《新聞學研究》，93，141-183。

劉蕙苓（2008）。〈置入性行銷對新聞記者的影響〉，《新聞學研究》，89，81-125。

劉蕙苓（2009）。〈探索廣告主導向新聞：置入性行銷對電視新聞常規與記者專業性的影響〉。政治大學新聞學系博士學位論文。

劉蕙苓（2011）。〈置入性行銷對新聞專業自主的影響：一個動

態觀點的探索〉,《傳播與社會學刊》,16,15-53。

劉蕙苓（2013）。〈為公共？為方便？電視新聞使用網路影音之研究〉,《中華傳播學刊》,24,165-206。

劉蕙苓（2014）。〈匯流下的變貌：網路素材使用對電視新聞常規的影響〉,《新聞學研究》,121,41-87。

劉蕙苓、羅文輝（2017）。〈數位匯流的新工具採納記者的社群媒體使用與影響評價〉,《新聞學研究》,132,107-150。

樓榕嬌（1982）。《電視新聞研究》。黎明文化。

潘俊宏（2010）。〈趕新聞遊戲下的「真實」：攝影記者的勞動處境與專業焦慮〉,《新聞學研究》,105,247-275。

蔡琰、臧國仁（2003）。〈由災難報導檢討新聞美學的「感性認識」：兼談新聞研究向美學轉向的幾個想法〉,《新聞學研究》,74,95-120。

蔡鶯鶯（2010）。〈921地震災後的社區報紙與培力〉,《新聞學研究》,102,177-227。

蔣經國（1982）。〈團結奮鬥　開創光明前途（民71年6月2日主持中國國民黨中常會發表談話）〉,行政院文化建設委員會（編）,《廣播電視與文化建設》。行政院文化建設委員會。

蔣麗蓮（1982）。《廣播電視發展史話》。黎明出版社。

衛星公會（2009/11/03）,〈新聞自律執行綱要〉,《衛星同業公會官網》。http://www.stba.org.tw/index.php?option=com_content&task=view&id=59&Itemid=68。

鄭宇君、陳百齡（2012）。〈溝通不確定性：探索社交媒體在災難事件中的角色〉,《中華傳播學刊》,21,119-153。

鄭淑敏（1999年11月30日）。〈我的呼籲～正視AC Nielsen對台

灣電視亂象的影響〉,《中央日報》,第9版。

鄭麗琪、陳炳宏(2003)。〈媒體企業之集團化與多角化研究——以中國電視公司為例〉,《廣播與電視》,20,135-162。

賴若函(2009)。〈奮不顧身下的勞動哀愁:新聞工作者職災類型、成因、組織與法制之分析〉。政治大學新聞研究所碩士論文。

聯合報(1962年10月10日),〈台灣電視〉,《聯合報》,第12版。

薛繼光(1999年4月)。〈電子媒體第二波革命——電視新聞生存戰〉,《光華雜誌》,78-87。

魏紜鈴(2018年11月28日)。〈記錄國家春夏秋冬 導演李惠仁獲卓新貢獻獎〉,《中央社》。https://www.cna.com.tw/news/ahel/201811280224.aspx

羅文輝(1996)。〈新聞事業與新聞人員的專業地位:逐漸形成的專業〉。台大新聞論壇,1(4),280-292。

羅文輝(2004)。〈選擇可信度:1992及2002年報紙與電視新聞可信度的比較研究〉,《新聞學研究》,80,1-50。

羅文輝、劉蕙苓(2006)。〈置入性行銷對新聞記者的影響〉,《新聞學研究》,89,81-125。

羅文輝、蘇蘅、林書煒(2009)。《主播解碼:當上主播的第一本書當上主播的第一本書》。臺灣商務。

羅榮光(1994年4月)。〈你不知道三台電視新聞及節目是國民黨的廣告嗎?〉,《新使者》,22,23-26。

譚躍、蕭蘋(2019)。〈線上災難傳播的議題設定效果:高雄氣爆事件中媒體臉書粉絲專頁主文與回應文的互動影響〉,

《新聞學研究》，138，163-224。

蘇思云（2018）。〈探討災難期間的社群媒體應用－以八仙事件為例〉。臺灣大學新聞研究所碩士論文。

蘇敬恆（2011年4月）。〈留守 vs 撤退—採訪日本災區的思考〉，《傳媒透視》。http://rthk.hk/mediadigest/20110414_76_122733.html。

蘇蘅（2000），〈集集大地震中媒體危機處理的總體檢〉，《新聞學研究》，62，153-163。

蘇蘅（2002）。〈電視新聞在台灣的發展〉，《傳播研究簡訊》，31，9-12。

蘇鑰機（2007）。〈專業主義、新聞自由與市場力量：回歸後香港新聞界的恆與變〉，《傳播與社會學刊》，3，53-71。

外文資料

Abbott, A. D. (1988). *The system of professions: an essay on the division of expert labor*. Chicago: The University of Chicago Press.

Ahva, L. (2013). Public Journalism and Professional Reflexivity. *Journalism: Theory, Practice and Criticism, 14*(6), 790-806.

Aldridge, M., & Evetts, J. (2003). Rethinking the concept of professionalism: the case of journalism. *British Journal of Sociology, 54*(4), 547-564.

Allison, M. (1986). A Literature Review of Approaches to the Professionalism of Journalists. *Journal of Mass Media Ethics, 1*(2), 5-19.

BBC (2016). Journalism safety guide. http://www.bbc.co.uk/safety/safetyguides/journalism.

BBC (2009). Journalism Safety guide. http://www.bbc.co.uk/safety

BBC (2013, April 23). JSG Generic Risk Assessments—Disaster Coverage. http://www.bbc.co.uk/safety/resources/aztopics/disaster-coverage.html

Beam, R., Weaver, D., & Brownlee, B. (2009). Changes in professionalism of US journalists in the turbulent twenty-first century. *Journalism & Mass Communication Quarterly, 86(*2), 277-298.

Beck, U. (1992). *Risk society: Towards a new modernity*. Sage.

Beck, U. (1994). The Reinvention of politics: Towards a theory of reflexive modernization. In U. Beck, A. Giddens, & S. Lash (Eds), *Reflexive modernization reflexive modernization: politics, tradition and aesthetics* (pp. 1-55). Polity Press.

Beck, U. (1999). *World risk society.* Polity.

Becker, L. B., & Vlad, T. (2009). News organizations and routines. In K. Wahl-Jorgensen & T. Hanitzsch (Eds.), *The Handbook of Journalism Studies* (pp. 59-72). Routledge.

Bennett, R., & Daniel, M. (2002). Media reporting of third world disasters: The journalist's perspective. *Disaster Prevention and Management, 11*(1), 33-42.

Bentley, G. (2013). *Journalistic agency and the subjective turn in British foreign correspondent discourse* [Unpublished doctoral dissertation]. University of London.

Berkowitz, D. (1992a). Routine newswork and the what-a-story: A case study of organizational adaptation. *Broadcasting & Electronic Media, 36*(1), 45-60.

Berkowitz, D. (1992b). Non-Routine News and Newswork: Exploring a What-a-Story. *Journal of Communication 42*(1), 82-94.

Berkowitz, D. A. (2011). PART IV: Repairing the journalistic paradigm. In D. A. Berkowitz (Ed.), *Cultural meanings of news: A text-reader* (pp. 179-181). Sage.

Berkowitz, D. & TerKeurst, J. (1999). Community as Interpretive Community: Rethinking the Journalist-Source Relationship. *Journal of Communication, 49*(3), 125-136.

Berrington, E. & Jemphrey, A. (2003). Pressures on the Press : Reflections on Reporting Tragedy. *Journalism, 4*, 225-248.

Birkhead, D. (1986). News media ethics and the management of professionals. *Journal of Mass Media Ethics: Exploring Questions of Media Morality, 1*(2), 37-46.

Bourdieu, P., & Wacquant, L. J. D (1992). *An invitation to reflexive sociology*. Polity Press.

Britton, N. R. (1986). Developing an understanding of disaster. *Journal of Sociology, 22*, 254-271.

Buchanan, M. & Keats, P. (2011). Coping with traumatic stress in journalism: A critical ethnographic study. *International Journal of Psychology, 46*(2), 127-135.

Cannon, T. (1994). Vulnerability analysis and the explanation of 'natural' disaster. In A. Varley (Ed.), *Disaster, development and environment* (pp.13-30). Wiley.

Carey, J. (1997). Afterword: The culture in question. In E. S. Munson & C. A. Warren (Eds.), *James Carey: A critical reader* (pp. 308-339). University of Minnesota Press.

Carey, J. (2002). American Journalism On, Before and After September 11. In B. Zelizer and S. Allan (eds), *Journalism After September 11* (pp. 71-90). Routledge.

CARMA (2006). *The CARMA Report on Western Media Coverage of Humanitarian Disasters*, CARMA International. http://www.unescoafricom.es/wp-content/uploads/2012/12/CARMA-Media-Analysis-Western-Media-Coverage-of-Humanitarian-Disasters1.pdf.

Commission on Freedom of the Press (1947). *A free and responsible press: A general report on mass communication: newspapers, radio, motion pictures, magazines, and books*. University of Chicago.

Cottle, S. (2003). Media organisation and production: mapping the field. In S. Cottle (ed.), *Media Organisation and Production* (pp. 3-24). London: Sage.

Cottle, S. (2009). Global crises in the news: Staging new wars, disasters, and climate change. *International Journal of Communication, 3*, 494-516.

Cottle, S. (2009). *Global crisis reporting: Journalism in the global age*. Open University Press.

Cottle, S. (2013). Journalists witnessing disaster: From the calculus of death to the injunction to care. *Journalism Studies, 14*(2), 232-248.

Creswell, J. (2007). *Qualitative inquiry and research design: Choosing among five approaches*. Sage.

Davis, M. (2010). Why journalism is profession. in Meyers, Christopher(ed.), *Journalism ethics: a philosophical approach* (pp. 91-102). Oxford University Press.

Deuze, M. (2005). What is journalism?: Professional identity and ideology of journalists reconsidered. *Journalism, 6*, 442-464.

Deuze, M. (2008). Understanding journalism as newswork: How it changes, and how it remains the same. *Westminster Papers in Communication and Culture, 5*(2), 4-23.

Dey, I. (2004). Grounded theory. In C. Seale, G. Gobo, J.F. Gubrium and D. Silverman (Eds.), *Qualitative research practice* (pp. 80-93). Sage.

Dick, B. (2005). Grounded theory: a thumbnail sketch. http://www.scu.edu.au/schools/gcm/ar/arp/grounded.html

Dickinson, R. (2007). Accomplishing journalism: Towards a revived sociology of a media occupation. *Cultural Sociology, 1*(2), 189-208.

Domingo, D., Quandt, T., Heinonen, A., Paulussen, S., Singer, J. B., & Vujnovic, M. (2008). Participatory journalism practices in the media and beyond: An international comparative study of initiatives in online newspapers. *Journalism Practice*, 2(3), 1751-2786.

Donsbach, W. & Klett, B. (1993). Subjective objectivity. How journalists in four countries define a key term of their profession. *International Communication Gazette, 51*, 53-83.

Drok, N. (2013). Beacons of reliability: European journalism students and professionals on future qualifications for journalists. *Journalism Practice, 7*(2), 145-162.

Duffy, M. J. (2013). 'Cultures of journalism' in Arabic- and English-language newspapers within the United Arab Emirates. *Journal of Middle East Media, 9*(1), 24-45.

Duhe', S. F. (2008). Communicating katrina: A resilient media. *International

Journal of Mass Emergencies and Disasters, 26(2), 112-127.

Durhan, F. (2008). Media ritual in catastrophic time: The populist turn in television coverage of hurricane katrina. *Journalism, 9*(1), 95-116.

Edwards, B. (2010). Journalists at risk: News media perspectives. *Pacific Journalism Review, 16*(1), 49-67.

Ehrlich, M. C. (1995). The competitive ethos in television newswork. *Critical Studies in Mass Communication, 12*(2), 196-212.

Emirbayer, M., & Mische, A. (1998). What is agency? *The American Journal of Sociology, 103*(4), 962-1023.

Entman, R. M. (1993). Framing: Toward Clarification of a Fractured Paradigm. *Journal of Communication, 43*(4), 51-58.

Erickson, F. (1997). Some Approaches to Inquiry in School-Community Ethnography. *Anthropology and Education Quarterly, 8*(2), 58-69.

Erickson, F. (1997). Some Approaches to Inquiry in School-Community Ethnography. *Anthropology and Education Quarterly, 8*(2), 58-69.

Evetts, J. (2003). The sociological analysis of professionalism: occupational change in the modern world. *International Sociology, 18*(2), 395-415.

Evetts, J. (2006). Introduction: Trust and Professionalism: Challenges and Occupationalchange. *Current Sociology, 54*, 515-531.

Ewart, J. (2002, July 10-12). *Prudence not prurience: A framework for journalistic reporting disasters* [Paper presentation]. ANZCA, Coolangatta Qld,.

FEMA (2011). Disaster declaration process. http://www.fema.gov/pdf/media/factsheets/dad_disaster_declaration.pdf

Freidson, E. (2001). *Professionalism: The Third Logic*. Polity.

Freudenburg, W. R., Gramling R., Laska S., & Erikson, K. T. (2008). Organizing hazards, engineering disasters? improving the recognition of political-economic factors in the Creation of Disasters. *Social Force, 87*(2), 1015-1038.

Fry, K. (2006). Television news: Hero for New Orleans, hero for the nation. *Space and Culture 9*, 83-85.

Fuchs, S. (2001). Beyond Agency. *Sociological Theory 19*(1), 24-40.

Fürsich, E. (2002). How can global journalists represent the 'Other'?: A critical assessment of the cultural studies concept for media practice. *Journalism, 3*, 57-84.

Gamson, W. & Modigliani, A. (1989). Media discourse and public opinion on nuclear power. *American Journal of Sociology, 95*, 1-37.

Giddens, A. (1984). *The constitution of society*. University of California Press.

Giddens, A. (1991). *Self and society in the late modern age*. Polity Press.

Glasser, T. L. (1992). Profeesionalism and the Derision of Diversity: The Case of the Education of Journalists. *Journal of Communication, 42*(2), 131-140.

Hanitzsch, T. (2007). Deconstructing journalism culture: Towards a universal theory. *Communication Theory, 17*(4), 367-385.

Hannigan, J. A. (1995). *Environmental sociology: a social constructionist perspective*. Routledge.

Hansen, A. (1991). The media and the social construction of the environment. *Media, Culture and Society, 13*, 443-458.

Hansen, A. (1993). *The mass media and environmental issues*. Leicester University Press.

Hanusch, F. (2013). Cultural forces in journalism: The impact of cultural values on Māori journalists' professional views. *Journalism Studies*. DOI: 10.1080/1461670X.2013.859864. Access at QUT ePrints.

Hardt, H. (1990). Newsworkers, technology, and journalism history. *Critical Studies in Mass Communication, 7*(4), 346-365.

Harries, Gemma & Karin Wahl-Jorgensen (2007). The culture of arts journalists: Elitists, saviors or manic depressives? *Journalism, 8*, 619-639.

Hartley, J. (2008) Journalism as a human right: the cultural approach to journalism. In Loffelholz, Martin & Weaver, David (Eds.), *Global Journalism Research: Theories, Methods, Findings, Future* (pp. 39-51). Blackwell.

Himmelstein, H., & Faithorn, P. (2002). Eyewitness to disaster: How journalists cope with the psychological stress inherent in reporting traumatic events. *Journalism Studies, 3*(4), 537-555.

Hout, T. V. & Jacobs, G. (2008). News production theory and practice: Fieldwork notes on power, interaction and agency. *Pragmatics, 18*(1), 59-85.

Hsu, C. W (2013). The emergence of "star disaster-affected areas" and its implications to disaster and communication interdisciplinary studies: A Taiwan example from Typhoon Morakot. *Natural Hazards, 69*(1), 39-57.

International News Safety Institute (2006). *Killing The Messenger: Report Of The Global Inquiry.* International News Safety Institute.

Johnstone, J., Slawski E. J., & Bowman, W. W. (1972). Professional Values of American Newsmen. *Public Opinion Quarterly, 36*(4), 522-540.

Juraitë, K. (2002). Construction of public opinion on environmental issues in the media. *Sociologija. Mintis ir veiksmas, 2*, 90-98.

Knight, A. (2006). Covering disasters and the media mandate: The 2004 tsunami. *Media Asia, 33*(1/2), 47-71.

Lee, Chin-Chuan (1993). Sparking a fire: The press and the ferment of democratic change in Taiwan. *Journalism Monographs, 138*, 1-39.

Leoni, B., Radford, T., & Schulman, M. (2011). *Disasters Through a Different Lense: A guide for journalists covering disaster risk reduction.* United Nations International Strategy for Disaster Reduction Secretariat (UNISDR).

Lewis, S. C. (2012). The Tension Between Professional Control and Open Participation. *Information, Communication & Society, 15*(6), 836-866.

Li, S. S. (2004). Market competition and the media performance of Taiwan's cable television industry. *Journal of Media Economics, 17*, 279-294.

Lupton, D. (1999). *Risk.* Routledge.

Martimianakis, M. A., Maniate, J. M., & Hodges, B. D. (2009). Sociological interpretations of professionalism. *Medical Education, 43*(9), 829-37.

McCarthy, F. X. (2011). FEMA's Disaster Declaration Process: A Primer. *CRS Report for Congress* 7-5700.

McChesney, R. (2012). Farewell to Journalism? *Journalism Studies,*

13(5-6), 682-694.

Mclintyre, P. (2003). *A Survival Guide for Journalists*. Brussels: the International Federation of Journalists. https://www.ifj.org/fileadmin/images/Live_News_versions/Live_News_EN.pdf

McMahon, C. & McLellan, T. (2008). Journalists Reporting for Duty: Resilience, Trauma and Growth. In K. Gow & D. Paton (Eds.), *Phoenix of Natural Disasters: Community Resilience* (pp. 101-121. Nova Science.

McMahon, C. (2001). Covering disaster: A pilot study into secondary trauma for print media journalists reporting on disaster. *The Australian Journal of Emergency Management, 16*(2), 52-56.

McManus, J (1995). A market-based model of news production. *Communication Theory, 5*, 301-338.

McManus, J. (1994). *Market-Driven Journalism: Let the Citizen Beware?* Sage.

McNair, B. (2005). What is journalism? in Hugo de Burgh, H. (Ed.), *Making journalists* (pp. 25-43). Routledge.

Mellado, C., & Lagos, G. (2014). Professional Roles in News Content: Analyzing Journalistic Performance in the Chilean National Press. *International Journal of Communication 8*, 2090-2112.

Miller, A., & Goidel, R. (2009). News Organizations and Information Gathering During a Natural Disaster: Lessons from Hurricane Katrina. *Journal of Contingencies & Crisis Management, 17*(4), 266-273.

Niblock, S. (2007). 'From "knowing how" to "being able": negotiating the meanings of reflective practice and reflexive research in journalism studies'. *Journalism Practice, 1*(1), 20-32.

Nordenstreng, K. (1995). Introduction: A state of the art, the special issue on media ethics. *European Journal of Communication, 10*(4), 435-439.

Quarantelli, E. L. (1996). Local mass media operations in disasters in the USA. *Disaster Prevention and Management, 5*(5), 5-10.

Quarantelli, E. L. (2002). *The role of the mass communication system in natural and technological disasters and possible extrapolation to terrorism situations.* University of Delaware Disaster Research Center.

Reese, S., & Ballinger, J. (2001). The Roots of a Sociology of News: Remembering Mr. Gates and Social Control in the Newsroom. *Journalism and Mass Communication Quarterly, 78*(4), 641-658.

Reese, S. (2008). Media Production and Content. in W. Donsbach (ed.), *Project of the International Communication Association to map the field of communication* (pp. 2982-2994). Blackwell.

Reese, S. D. (2001). Understanding the global journalist: A hierarchy-of-influences approach. *Journalism Studies, 2*(2), 173-187.

Richards, I. (2007). Disaster news, trust and ethics. In İ. Erdoğan (ed.), *Media and Ethics: International Symposium Speeches and Final Report* (pp. 145-152). Gazi Üniversitesi İletişim Fakültesi Basımevi.

Ryfe, D. M. (2006). The Nature of News Rules. *Political Communication, 23*(2), 203-214.

Saul, B. (2009). The international protection of journalists in armed conflict and other violent situations. *Legal Studies Research Paper*, *9*(110), 1-31.

Scanlon, J. (2007). Research about the mass media and disasters: Never (Well Hardly Ever) the Twain Shall Meet. In D. McEntire (ed.), *Disciplines, Disasters and Emergency Management* (pp. 75-94). Charles C. Thomas Publisher.

Schudson, M. (1991) The sociology of news production revisited. *Mass media and society, 3*, 141-159.

Schudson, M. (1989). How culture works: perspective from media studies on the efficacy of symbols. *Theory and Society, 18*(2),153-180.

Schudson, M. (2000). The sociology of news production revisited. in J. Curran & M. Gurevitch (eds.), *Mass Media and Society* (pp. 175-200). Edward Arnold.

Schudson, M. (2001). The objectivity norm in American journalism. *Journalism, 2*, 149-170.

Schudson, Mi. (2008). *Why Democracies Need an Unlovable Press*. Polity Press.

Schudson, M., & Anderson, C. (2009). Objectivity, professionalism and truth seeking in journalism. In K. Wahl-Jorgensen & T. Hanitzsch (eds.), *The handbook of journalism studies* (pp. 88-101). Routledge.

Shapiro, I. (2010). Evaluating Journalism. *Journalism Practice, 4*(2), 143-162.

Shoemaker, P. J., & Reese, S. D. (1996). Mediating the message: Theories of influences on mass media content (2nd ed.). White Plains.

Shoemaker, P.J., Vos, T. P. & Reese, S. (2009). Journalists as gatekeepers.

In K. Wahl-Jorgensen & T. Hanitzsch (Eds.), *Handbook of Journalism Studies* (pp. 73-87). Routledge.

Skovsgaard, M. (2013). Watchdogs on a leash? The impact of organisational constraints on journalists' perceived professional autonomy and their relationship with superiors. *Journalism, 22*, 1-20.

Sood, R., Stockdale, G., & Rogers, E. M. (1987). How the news media operate in natural disasters. *Journal of Communication, 37*(3), 27-41.

Sorribes, C. P. & Rovira, S. C. (2011). Journalistic practice in risk and crisis situations: Significant examples from Spain. *Journalism, 12*(8), 1052-1066.

Su, Chiaoning (2012). One earthquake, two tales: narrative analysis of the tenth anniversary coverage of the 921 Earthquake in Taiwan. Media. *Culture & Society, 34*, 280-295.

Swidler, A. (1986). Culture in action: Symbols and strategies. *American Sociological Review, 51*(2), 273-286.

Swidler, A. (2001). What anchors cultural practices. In T. R. Schatzki, K. D. Knorr-Cetina & E. V. Savigny (eds.), *The Practice Turn in Contemporary Theory* (pp. 74-92). Routledge.

Sykes, J. & Green, K. (2003, July). The dangers of dealing with journalists [Paper presentation]. Australia and New Zealand Communications Association Conference.

Tait, R. (2007). Practice review: Journalism safty. *Journalism Practice, 1*(3), 435-445.

Tierney, K. J. (2007). From the margins to the mainstream? disaster research at the crossroads. *Annual Review of Sociology, 33*, 503-525.

Tierney, K. J., Bevc, C., & Kuligowski, E. (2006). Metaphors matter: disaster myths, media frames, and their consequences in Hurricane Katrina. *The ANNALS of the American Academy of Political and Social Science, 604*, 57-81.

Tuchman, G. (1972). Objectivity as strategic ritual: An examination of newsmen's notions of objectivity. *American Journal of Sociology, 77*(4), 660-679.

Tuchman, G. (1973). News by doing work: Routinizing the unexpected. *American Journal of Sociology, 79*(1), 110-131.

Tuchman, G. (1978). *Making news: a study in the construction of reality*. Sage.

Tuchman, G. (1978). Professionalism as an Agent of Legitimation. *Journal of Communication, 28*(2), 106-113.

Tulloch, J., & Lupton, D. (2001). 'Risk, the mass media and personal biography: Re-visiting Beck's "knowledge, media and information society"'. *European Journal of Cultural Studies, 4*(1), 5-28.

Tumber, H., & Prenoulis, M. (2005). Journalism and the making of a profession. in H. de Burgh (Ed.), *Making journalists* (pp. 58-74). London: Routledge.

UNESCO (2016, October 7). The Safety of Journalists and the Danger of Impunity. http://www.unesco.org/new/fileadmin/MULTIMEDIA/HQ/CI/CI/pdf/IPDC/ipdc_council_30_4_en_02.pdf

United Nations Educational Scientific & Cultural Organization & Reporters Without Borders (2015). Safety guide for journalists: A handbook for reporters in high-risk environments. https://rsf.

org/sites/default/files/guide_journaliste_rsf_2015_en_0.pdf.

Usher, N. (2009). Recovery from disaster: How journalists at the New Orleans times-picayune understand the Role of a post-Katrina newspaper. *Journalism Practice, 3*(2), 216-232.

van Belle, D. A. (2000). New York Times and network TV news coverage of foreign disasters: The significance of the insignificant variables. *Journalism & Mass Communication Quarterly, 77*(1), 50-70.

Vasterman, P. L. M. (2005). Media-hype: self-reinforcing news waves, journalistic standards and the construction of social problems. *European Journal of Communication, 20*(4), 508-530.

Vasterman, P. L. M., Yzermans, C. J., & Dirkzwager, A. J. E. (2005). The role of the media and media hypes in the aftermath of disasters. *Epidemiologic Reviews, 27*, 107-114.

Ward, S. J. A. (2008). Global Journalism Ethics: Widening the Conceptual Base. *Global Media Journal, 1*(1), 137-149.

Witschge, T., & Nygren, G. (2009). Journalism: A profession under pressure? *Journal of Media Business Studies, 6*(1), 37-59.

Wood, M. (1998). Agency and organization: Toward a cyborg-consciousness. *Human Relations, 51*, 1209-1227.

Yoichi Shimatsu（2011年5月14日）。Guide for Reporting the Japan Quake（採訪日本地震注意指南）, Dart Center. http://dartcenter.org/content/guide-for-reporting-japan-quake#.Uc0 KEF8VFLM

Zandberg, E., & Neiger, M. (2005). Between the nation and the profession: Journalists as members of contradicting communities.

Media, Culture & Society, 27(1), 131-141.

Zelizer, B. (1993a) 'Journalists as Interpretative Community'. *Critical Studies in Mass Communication, 10*, 219-37.

Zelizer, B. (1993b). Has Communication Explained Journalism. *Journal of Communication, 43*(4), 80-88.

Zelizer, B. (2004). When facts, truth, and reality are God-terms: on journalism's uneasy place in cultural studies. *Communication & Critical/Cultural Studies, 1*(1), 100-119.

Zelizer, B. (2008). How Communication, Culture, and Critique Intersect in the Study of Journalism. *Communication, Culture and Critique, 1*(1), 86-91.

Zelizer, B. (2008). How Communication, Culture, and Critique Intersect in the Study of Journalism. *Communication, Culture and Critique, 1*(1), 86-91.

Zelizer, Barbie. (2004b). *Taking Journalism Seriously: News and the Academy*. Thousand Oaks, CA: Sage.

日本記者壓力研究會（2011年3月21日）。〈災害などにおける取材・報道マニュアル〉（採訪日本地震注意指南），Dart Center。http://dartcenter.org/global/%E6%83%A8%E4%BA%8B%E3%82%B9%E3%83%88%E3%83%AC%E3%82%B9%E3%83%9E%E3%83%8B%E3%83%A5%E3%82%A2%E3%83%AB#.Uc0KmF8VFLM

附錄一

表一：深度訪談資料表

項次	對象	任職機構	訪談日期	備註
1	A	公共台新聞部主管	2013/11/1	擔任災區指揮調度
2	B	E商業新聞台主管	2013/11/5	當時前往災區前線採訪（文字）
3	C	通告主持	2013/11/08	八八風災擔任TVBS主播
4	D	E商業新聞台主管	2013/11/09	八八風災南下，擔任重災區前線採訪指揮
5	E	T商業新聞台主管	2013/11/12	八八風災擔任SNG中心主任，負責調度指揮SNG車
6	F	T商業新聞台導播	2013/11/12	SNG車導播，在災區進行連線、新聞製作
7	G	T商業新聞台新聞節目主持人、主播	2013/11/14	災區進行連線，募款節目採訪和新聞專題製作
8	H	T商業新聞台記者	2013/11/14	八八風災有挺進小林村，獨家
9	I	T商業新聞台攝影記者	2013/11/17	資深攝影、挺進那瑪夏
10	J	U商業新聞台攝影記者	2013/11/19	時任民視攝影，八八風災在臺南待20天，從即時新聞到災後復原階段報導
11	K	C商業新聞台製作人	2013/11/22	時任三立國際新聞專題記者，出差返回隔天立即投入八八災區採訪工作
12	L	U商業新聞台主管	2013/11/26	時任中視新聞攝影記者
13	M	T商業新聞台記者	2013/11/26	時任三立新聞台記者
14	N	U商業新聞部主編	2013/11/27	時任TVBS資深編輯
15	O	S商業新聞台主管	2013/11/27	時任年代社會中心副主任
16	P	U商業新聞台主編	2013/11/28	時任中天編輯、攝影棚被拉到災區
17	Q	C商業新聞台主管	2013/12/1	中天社會兼地方中心主任，也是新聞台發言人

項次	對象	任職機構	訪談日期	備註
18	R	U商業新聞台編審	2013/12/12	三立攝影中心副主任
19	S	S商業新聞台編輯主管、製作人、主播	2013/12/13	三立總編輯、製作人、主播
20	T	C商業新聞台主播、主持人、製作人	2013/12/13	台視、東森、中天主播、主持人、製作人
21	U	U商業新聞台主播	2013/12/14	臺灣日報、東森、TVBS、大愛、UDN TV記者
22	V	退休	2014/2/10	擔任華視新聞台開台記者，歷任主播、新聞中心主任，電視台台長等職，訪問臺灣電視新聞流程發展和專業意涵
23	X	退休、旅居英國	2014//2/11-12	香港TVB第一代主播、新聞主管
24	Y	U商業新聞台主管	2014/2/17	TVBS開台記者、攝影中心主管
25	Z	離開新聞圈	2014/03/14	八八風災時任TVBS採訪中心地方組組長（後擴充編制成為地方中心）
26	A-1	獨立新聞工作者	2014/4/18	莫拉克新聞網88news記者
27	B-1	S商業新聞台南部新聞中心主任	2014/4/23	東森南部新聞中心主任
28	C-1	公視新聞記者	2014/6/30	公視新聞記者
29	D-1	C商業新聞台新聞節目製作人	2014/7/15	中天記者

* 資料來源：本書整理

附錄二

表一：本書團體訪談及深度訪談

項次	對象	日期	年資	災難採訪或工作經驗
1	A-1（日報文字記者） A-2（日報攝影記者） A-3（核能與醫療健康專家）	2011/05/10	10年以下 10年以下 20年以上	無 有 有
2	B-1（電視文字記者兼主播） B-2（電視文字記者兼編譯）	2011/06/22	10年以下 10年以上	無 有
3	C-1（日報總編輯）	2011/06/28	20年以上	有
4	D-1（電視國際新聞主管）	2011/08/03	20年以上	有
5	E-1（日報影音記者）	2011/10/27	10年以上	有
6	F-1（報社採訪記者）	2013/08/23 2014/11/20	10年以上	有
7	G-1（電視主播、採訪記者）	2013/12/13	20年以上	有
8	H-1（報社採訪記者）	2017/03/06	10年以下	有

* 資料來源：本書整理

表二：日本三一一災難報導相關座談會與討論會

名稱	主辦單位	日期
卓新論壇：從日本複合式震災談如何強化臺灣災難新聞報導	卓越新聞獎基金會	2011/04/14
文化批判論壇第80場：災難的新聞vs.新聞的災難	文化研究學會	2011/04/16
平面攝影記者日本地震採訪分享會	臺灣新聞攝影研究會	2011/04/28
公視日本三一一的第一堂課	公視文化基金會	2011/11/25-26
災區傳媒的戰鬥「讓災區訊息傳到東京，傳向世界」福島縣內傳媒座談會	Nippon Communications Foundation	2012/05/30**
我在福島核災現場	優質發展協會	2013/09/27

* 資料來源：本書整理
** 該資料連自 http://www.nippon.com/hk/views/b00701/；http://www.nippon.com/hk/views/b00702/

社會科學類　PF0358　Viewpoint 69

在重大災難中做新聞：
新聞專業、記者安全與文化實作

作　　　者／張春炎
責任編輯／尹懷君
圖文排版／陳彥妏
封面設計／王嵩賀

發　行　人／宋政坤
法律顧問／毛國樑　律師
出版發行／秀威資訊科技股份有限公司
　　　　　114台北市內湖區瑞光路76巷65號1樓
　　　　　電話：+886-2-2796-3638　傳真：+886-2-2796-1377
　　　　　http://www.showwe.com.tw
劃撥帳號／19563868　戶名：秀威資訊科技股份有限公司
　　　　　讀者服務信箱：service@showwe.com.tw
展售門市／國家書店（松江門市）
　　　　　104台北市中山區松江路209號1樓
　　　　　電話：+886-2-2518-0207　傳真：+886-2-2518-0778
網路訂購／秀威網路書店：https://store.showwe.tw
　　　　　國家網路書店：https://www.govbooks.com.tw

2025年5月　BOD一版
定價：300元
版權所有　翻印必究
本書如有缺頁、破損或裝訂錯誤，請寄回更換

Copyright©2025 by Showwe Information Co., Ltd.
Printed in Taiwan
All Rights Reserved

讀者回函卡

國家圖書館出版品預行編目

在重大災難中做新聞：新聞專業、記者安全與文化實作 / 張春炎著. -- 一版. -- 臺北市：秀威資訊科技股份有限公司, 2025.05
　　面；　公分. -- (社會科學類；PF0358) (Viewpoint；69)
　BOD版
　ISBN 978-626-7511-78-7(平裝)

1. CST: 新聞從業人員　2. CST: 採訪　3. CST: 災難

895.314　　　　　　　　　　　　　114003889